멀어도 걷는 사람

손현숙 시인은 1999년 《현대시학》으로 등단했다. 시집으로『너를 훔친
다』,『손』,『일부의 사생활』이 있으며, 사진 산문집『시인박물관』,『나는
사랑입니다』,『댕댕아, 꽃길만 걷자』가 있다. 연구서로『발화의 힘』,『마
음 치유와 시』가 있다.

e메일 : poemfree@hanmail.net

리토피아포에지 · 156
멀어도 걷는 사람

2쇄인쇄 2024. 12. 20 2쇄발행 2024. 12. 25
지은이 손현숙 펴낸이 정기옥
펴낸곳 리토피아
출판등록 2006. 6. 15. 제2006-12호
주소 21315 인천시 부평구 평천로255번길 13, 903호
전화 032-883-5356 전송 032-891-5356
홈페이지 www.litopia21.com 전자우편 litopia@hanmail.net

ISBN-978-89-6412-194-8 03810
값 14,000원

손현숙 시집

멀어도 걷는 사람

LITERATURE & UTOPIA

이야기할 수 없는 무엇을 마음에 담고 살았다.
'쓸쓸'이라는 단어가 내 뒷모습 같기도 하고, 내가 내민 손을
누군가 그냥 잡아주기를 원했던 것 같기도 하다.
시만이 할 수 있는 이야기.
구체적으로 말할 수는 없지만 말해야 하는 무엇, 정서.
그렇게 혼자 오래 걸었던 기억.
생각해 보면 그것은 타인을 찾아 방황했다기보다는 내 속의
내가 궁금해서 남겼던 흔적이 아닐까. 타인의 연속은
나였음을 부정할 수 없겠다. 어쩌랴, 멀어도 걷는 사람
이 되어서 기어이 닿고 싶은 그곳, 비록 죽는 날까지 닿지
못한다 해도 나는 걷는 사람, 멀어도 간다.

2023년 10월
손 현 숙

차례

제3부

제4부

| 제1부 |

멀어도 걷는 사람

당신의 왼손은 나의 오른손이다 우리는 손을 잡고 반대쪽으로 걷는다 가끔은 당신을 잃어버리기도 하는데, 들판을 가로지르는 나무들 하얗게 손사래 친다 생각난 듯, 이름을 부르면 모르는 얼굴이 뒤돌아다 본다

당신은 어깨를 찢어서 부글거리는 흰피, 휘파람을 불면 꽃들은 만발한다 가을 개 짖는 소리는 달의 뒷면에서 들려오고 눈을 뜨지 못한 강아지는 꿈 밖으로 나가서야 젖꼭지를 물 수 있는데

담장밖에 둘러쳐진 오죽의 둘레는 그림자가 없다 대나무 숲으로 돌아가야 이름이 돌아오는데, 당신은 멀어도 걷는 사람 도무지 말을 모르겠는 여기, 눈빛으로 기록된 말들 속에서 없는 당신은 다정하다

야생이 돌아왔다

유연하고 견고한 저 발바닥의 곡선은 개양귀비의 언덕과
강기슭을 거닐던 눈부신 저녁의 한 때를 기억한다

우리에 갇혀 있었던 조 씨 할아버지의 공작새
모이를 주는 사이 문틈으로 탈출했다는
소문은 아무래도 잘못이다 탈출이 아니라 본능이다

처음부터 가팔랐던 제 속의 벼랑,
거스를 수 없는 야생의 방식 앞에 내가 서 있다

중문을 지나 오색의 꼬리를 거느린 채 마당으로 들어오는
조용하고 태연한 저 몸의 권력,

나는 혼자 비상을 꿈꾸며 날개 밑에 공기를 품듯
입 안에 가득 공작새, 이름을 지어 불러본다

누가 저 유장한 말씀 앞을 가로설 수 있을까

난간에 뿌리내린 이름 모르는 식물처럼
뒤도 돌아보지 않고 바람을 따라나선다, 나도
공작새처럼

배를 밀 듯 딱 한 발짝씩 앞으로 나가는
목소리도 아니고
기적도 없는 달의 궤도처럼,

저 몸짓은 처음부터 나의 것이 아니다

저 목련의 푸른 그늘

　햇살이 꽃의 목덜미에 송곳니를 꽂고 정오를 넘는다 나는
매일 저것들의 생기를 빤다 밤이 오면 입술에 흰피를 묻힌
채 잠속으로 뛰어들 것이다 모르는 척,

　나는 아침을 밟으면서 싱싱하다 꽃잎 한 장 넘기는 것은
내가 나를 낳는 일, 깊게 팬 쇄골의 그늘, 목젖까지 부푸는
저 목련의 푸른 그늘,

홍화산사

홍화산사에 꽃물 들더니 근심이 생겼습니다 찢어진 가지에서 애순이 돋을 적부터 도진 지병입니다 잊어야 하는 무엇들이 되돌아오는 것 같아, 꽃그늘에서 저만치 걸음을 걷는 무렵입니다

홍홧가루 자욱하게 터지는 것을 보았습니다 골목 너머 아이들이 비눗방울처럼 부풀었다 꺼지는 그 순간에도 보리수나무 흰꽃 속에는 붉음을 채우고 있었던 걸까요 마당 플라스틱 의자에 앉아서 나는 왜 검은 상복 같은 옷만 입는 걸까, 이미 옷은 노랗게 물이 든 다음입니다

고양이 울음은 영문을 모르겠고 저녁으로 기울어지는 하늘은 낮아서 이별입니다 고개를 꺾어 바라보는 그곳에도 바람은 곱게 불어줄까요 아직은 보리수열매가 익지 않아서 맨발로 땅을 밟아보는 지금 누가 생일 축하해, 잊었던 내가 문득 돌아옵니다 홍화산사, 울음 같은 붉음이 와글거립니다

소식

눈이 온다
발도 없고 입술도 없는 것이
조용한 몸짓으로 온다
한 가지의 동작만으로도
한 생이 가고 또 온다

저렇게 눈부신 한때가 있었다는 것을
기억해 주는 이 있을까

오래된 애인의 편지를 읽는다
나는 모르고 저만 아는,
달의 뒷면처럼
언제 저렇게 몸에 새기면서 살았을까

나 아닌 내가 나를 읽는 지금,
본 적 없는 내 뒷모습은
나일까, 나였을까, 우리는
서로 모르는 시간을 건너서

생각이 멈춰선 자리에서 돌아오는
꽃의 이름,

그만 그치면 좋겠다 싶었는데
발자국 위에 또 발자국을 찍는다
갈피를 잡을 수 없는
바람의 방향에서
사향노루의 비릿이 몰려온다

그 빗소리

　모르는 이의 부고를 받았다 문득 6월이 아팠다 보리수열매
발갛게 익어갈 때 등 뒤가 욱신거렸다 아픈 줄도 모르면서
팔다리 흔들고 사는 내가 아팠다 까닭 모를 물까치의 공격을
받으면서도 뛰거나 도망치지 않았다 다른 세상의 무엇들이
얼핏, 왔다 갔다 입술 꼭 다물어 말이 없다 모두 그 자리에
있어야 하는 것들이다 생생한데, 알겠는데, 손금 밑으로 손금
이 칼금처럼 선명해지면서, 내 전생 어디쯤 내렸을 빗소리가
내 뒤를 밟고 오는 것 같았다

반음, 이상하고 아름다운

　능소화 꽃둘레가 하늘 귀를 사르는 동안이었을 거다 아주 먼 데서 우레가 가는 길을 우레가 지나가고 머리 위로 뭉게구름 사소하게 다녀간 후, 푸른 잠에서 푸른 잠으로 날아가는 부전나비 한 쌍을 비스듬히 좇고 있었다 반백 년이 흐르고 나는 가난한 책장 한 장을 넘겼을 뿐인데, 낮별 떼가 하늘 사닥다리를 타고 반짝거렸다 어느 틈에 아침이 오후 두 시를 사시斜視처럼 데려왔다 바람은 비에 젖어 능소화 꽃둘레 무지개를 타고 올랐다 물에 불은 꽃잎이 담장을 기어오른다 허공에 한 금 한 금 긋는 고양이 비음 사이로 그림자를 등진 사내가 어깨의 햇빛을 털면서 왔다, 갔다 그의 뒷덜미에서 목소리가 부풀었다 졸음처럼, 남서쪽에서 잠비가 올라오는 중이라 했다 오만 년 전의 이야기다

슬픔의 각도

나는 기울어지면서 중얼거린다 그녀의 방, 그녀의 산책길, 그리고 함께 걷는 그 골목의 바람, 바람의 묘지들, 고개를 꺾어 바라보는 하늘, 별들 사이로 검은 물줄기, 밤으로 건너가는 발자국, 가다가 문득 뒤돌아다보는 그림자, 그림자에 그림자가 스며들 듯 아직 오지 않은 그때의 소리들, 그리고 또 가끔씩 불러보는 낯선 이름, 이상한 소용돌이, 그 무늬들을 받아쓰다 보면 둘째 절의 음가를 조금 높이 들어 올리는 웃음소리, 강가에 나가 있는 먼발치, 묵음으로 내리는 밤비, 무언의 증인, 말없이 사라지는 아, 목젖처럼 갈라지는, 어디론가 성큼 걸어 들어가는, 서둘러 발목을 따라가는, 느닷없이 시야에서 사라지는 말, 말, 또 말……, 장미의 입술로 허공을 할퀴는, 허방 속으로 발을 빠뜨리는, 몸 깊은 곳에 정자로 새겨진, 찢어도 찢어지지 않는, 침묵으로 빽빽하게 채워진 책장처럼 나는 지금……,

산사나무에는 붉은 귀신이 있다

산사나무에 꽃이 피었다고 손가락을 치켜올리자 붉은 꽃잎이 떨어졌다 손바닥에 꽃잎을 받아내지 못했으므로 나는 그와 이별 중이다 끝과 끝이 닿아서 무슨 모양을 이룰 것인가, 겨울나무의 직립에 대하여 오래 생각한 적이 있다 이별은 그 어느 부근쯤에서 왔지, 싶다

과거로 돌아가는 빨간약을 삼킬까, 고민했던 흔적, 나는 거기서 살기나 살았었는지 별점을 치러 문을 나서다 말고 전생을 지금 또 살고 있다는 생각, 너는 그때도 등을 보였고, 또 서성이면서 산사 꽃그늘 아래로 몸을 들인다 새들이 자꾸 봄을 물고 와서 물방울 같은 무덤을 짓고 간다

사라진 발목은 모르는 일이다

강변이었다 햇덩이가 사람들을 삼켰다 내 발목을 태웠다
발목 다음은 무릎이겠지, 각오를 한다 그것은 키 큰 나무가
성큼성큼 그림자를 키울 때 나는 이미 알고 있었다

해의 붉음이 노을 쪽으로 울음을 운다 나는 왼쪽 무명지를
바른쪽 엄지로 세게 문지른다 발목 없이도 길을 갈 수 있을까,
인파 속에서도 얼굴은 선명하다 왜, 꿈속에서도 사람들은 붉
음으로 쏟아지는가

노을을 끌면서 강물이 흘러간다 나는 한 장면을 붙들고 싶
었다 왼쪽에서 오른쪽으로 누가 기울어진다 아는 얼굴이었
는데 모르는 사람이어서 이름은 없다 바닥을 딛고 일어서려
는데 내가 너무 멀다

사라진 발목은 모르는 일이다

엽서처럼 눈이 온다

물푸레나무, 역광으로 서 있다 허공 속으로 뿌리 내렸다
팔 벌린 가지에는 이파리 한 낱도 없다 눈썹 쓸 듯, 쓸어가는
구름 묶음으로 내리는 하늘 그림자

한 발짝 건너 또 한 발짝 근처가 없는 사람의 집, 그 어디쯤
에서 발자국 풀어 살아도 되겠다

사람이 살기도 하고 살지 못하기도 하는, 아무나 함부로
들어서지 못하는 땅 나도 저 땅에 발 들여놓은 적 있다 구릉에
는 푹푹 눈이 쌓이고 비밀의 보유자들이 무언의 증인처럼,

한 발짝 건너 또 한 발짝 외딴 사람의 외딴 풍경, 번개와
우레가 들끓어서 피어나는 꽃, 구름이 땅속에서 돋아 하늘로
간다 발바닥은 쉴 곳을 모른다는데

소리로 오는 모습을 본다

소리가 들리기 시작했다
소리는 귀로 듣는 것이라
듣고 살았는데 처음 보는 얼굴이 온다
손도 발도 사라진 자리에
들큰한 공기가 훅, 몸을 덮혔다
나였다가 너였다가 아무것도 모르겠는
말들이 눈앞에서 웅얼거린다
의미를 넘어선 곳에 이름을 박았다
나의 처음이었던 첫, 은 사라지고
다시 시작해야 하는 뾰족한 모서리
누구세요, 고개를 돌려 주위를 살피는데
이름을 잃어버린, 소리들 쏟아진다
처음에는 들렸는데 지금은 사라진
듣는 것과 보는 것이 겹치면서
길 위의 시간에 대해 생각했다
백발의 그림자와 파릇한 입술 저 각각의 사람은
채송화 꽃씨를 심을 꿈을 꾸겠지만
처음의 자리로 돌아가야 하는

메아리의 슬픔에 대해 말하지 않았다
뱀의 입술이 꼬리를 물고 있는 듯
명쾌한 검지로 꼭꼭 짚다 말고
나인데 나인 적 없는 사람처럼
맨 나중의 자리에서 첫, 문을 연다

간빙기

꿈인 줄 알았는데 내 이름이 여기 있다
꽃모종을 심다 말고 간빙기의 기록을 뒤진다
갈 곳을 정하지도 않은 채 짐을 싸다 보면
동틀 무렵의 하늘이 벌써 붉다
이별의 악수는 왼손이 제격인데
십자수를 놓던 너는 도로 색실을 감는다
누구도 들인 적 없는 마음 한 켠에
채송화 꽃씨를 심었을 뿐인데
아침이면 꽃밭에 물을 주고 싶었지만
누가 물감을 짜서 나의 색을 다 써버렸다
수묵화처럼 갯벌에 핀 꽃을 생각한다
허벅지까지 빠뜨리며 멀리 나가보겠지만
달은 해를 조금씩 먹어치웠다
친구는 명랑하게 내 이름을 부르는데
형제는 꿈속에서도 여전히 뒷모습이다
죽은 아버지가 모자를 고쳐 쓰면서 걸어온다
빛이 사라진 자리에 선명한 손금,
엄마를 안았는데 자꾸 내 이름을 묻는다

꽃말은 혀끝에서 사라지고
꽃내 짙은 여기에서 나는 왜 바람인가,

훗날

너는 구두끈을 조여 매면서
"오랫동안 못 볼 거예요" 한다

나는 마른 제라늄 잎새를
손으로 짓이기면서 못 들은 척한다

벌써 꽃이 두 번이나 왔다 갔네

제라늄, 제라늄, 제라늄,
늘 배경에서 저무는

네가 아직 구두끈에 집중하는 동안
가을 폐렴처럼 붉게 번지는 구름장과
복화술 같은 시간이 내 앞을 지나간다

그러니까, 바람의 길이 어두워지면
새들의 길도 어두워질 것이다

기약이 없는, 혹은 희망 없이도 하는 사랑에 관해

11월의 나무처럼 나무의 음화陰畵처럼
뒷모습으로 오는 네 꿈을 꾼다

신화처럼

달의 문이 닫히면 회색늑대의 울음소리 들린다

어스름의 비탈을 지고 태어난 나는
가보지 못한 바다 건너의 이야기들과
이미 지나갔거나 아직 당도하지 않은
약속의 땅에 대한 소리를 그리기 시작했다

땅바닥에 색을 입히고 소리를 먹인다는 건
땅거미 질 무렵까지란 것을 알지 못했으므로
아침이면 사라지는 이야기들

푸른 울음이나 달의 훈처럼
여물지 않은 이마의 흉터처럼
늑대의 발자국은 소리를 끌고 오지 않는다는 것을
아무도 가르쳐주지 않았던 그 오래전

내 딸의 딸의 딸이 바다를 건너겠지만,

정오

　마당으로 나가는 일은 안에서 밖을 들이는 일 고양이 흰수염은 정오를 할퀴고 꽁지를 들어 올린 여름새 보리수나무 가지를 붙드는 때,

　꽃이 오고 꽃이 가는 바람의 길목 햇볕이 마당에 쌓이고 새들은 구름 한 층 아래 숨을 풀어놓았다 복숭아뼈처럼 단단한 유리문의 쇠종소리, 가슴에 밀어 넣은 채 흙을 밟아 들어서면 하늘 가까운 곳에 능소화, 절정에서 모가지를 꺾는다

　나는 어쩌다가 여기까지 흘러와서 오래된 우물과 시인의 무덤 앞을 지나다니게 되었을까, 내일은 태풍이 난실리를 지나간다는 일기예보가 들리고 문을 닫는 소리, 빗방울, 손등에 점을 찍는다

제2부

바람의 족보

그녀는 한 가지의 방법으로 온다 한 생이 하나의 내용이다 발목도 없으면서, 저승길에서 비 맞고 돌아온 창백한 불꽃이다 새의 혼돈이다 날숨으로 호흡하는 숨소리,

파란 대문 집 종소리에 빗장도 지르지 못했는데 새는 죽음을 물고 온다 유리창에 생명선이 긴 손금을 깊게 새겨 넣었지만 시작과 끝을 붙들고 사라지는 내일, 이미 지나간 시간의 장면들에 새점을 친다

그것은 소리였다가 휘어지는 나무였다가 바다를 뒤집는 악의 힘이다 지붕을 삼키는 신들의 한 끼 식사, 도라지 보랏빛깔 속으로 걸어 들어가는 명랑한 속보,

세상을 뿌리째 뽑는 오늘의 향연은 말없이도 숨통을 죄는 새의 점괘이다 그러나 누구나 잊고 가는 달의 반란, 시퍼렇게 숨 쉬는 아가미처럼 실컷 살다 간 바람의 족보, 찢어진 내용을 땅 위에서 읽는다

한 번의 여름이 지나가고

비 오는 날 빨간 구두를 신는다
골목을 기웃거리는데
창문마다 작은 쇠종을 매달았다
소리 속에서 소리가 이어졌다, 끊어졌다,

세상에서 이름을 찾다가
세상 밖으로 미끄러진 아이는
어디 가서 저를 찾아와야 하나
굽이 닳아서 발목까지 사라지는 꿈,
따뜻하고 말랑한 구름을 입에 물고
이 없는 잇몸으로 오물거리는,
여기를 어떻게 빠져나갈까

뱃바닥으로 기어서 달빛까지
닿으면 길이 끝나는 걸까
누가 나를 부르는데 소리가 들리지 않는다
팔목을 저으면서 따라오는
빨간 구두는 언젠가 만났던 얼굴이다

오늘은 종일 비가 오고
그 비를 다 걷고 나서야

쇠종처럼 흔들리는 내가 보인다

손가락으로 눈썹을 쓰는 사이

태양의 흑점 갈아 커피 내린다
동물에서 인간이 깨어나는 순간이다
에티오피아, 인류가
깃을 털고 일어선 곳이라네
살짝 신맛이 도는 원두
냄비에 달달 볶기도 하겠지만
대부분 실패로 끝나겠지만
블랙은 첨삭이 없는 마음이다
어디서 실컷 두들겨 맞고 돌아가는 길,
향기는 뒷모습으로도 후각을 부르네
불빛이 켜켜로 쌓이는 격자무늬 사이로
그림자가 한 가지 동작을 반복한다
사람의 시작처럼 커피콩을 고르는 모양이다
혹은 종말을 선언하듯 지문을 문지른다
촉각을 세우는 비상의 유혹,
여자가 손가락으로 눈썹을 쓰는 사이
나는 문을 열고 나무 아래 오후에 앉아
커피 한 잔을 주문하리라

제의를 치르듯 사람의 길로 와서
시고 떫고 쓴맛으로 혀끝 적시면
누굴까, 장미를 깨우는
발바닥으로 지그시 허공을 밟고 서는

검결

사내의 검이 둥그렇게 바람을 가른다
허공중에 발자국을 두 번 찍었다
마당 한가운데 보리수나무 배경으로 물러나면서
고요가 고요를 수직으로 세운다
칼의 날을 잡고 이슬이 제 몸을 벤다

그 많던 새들은 다 어디로 갔을까
올해는 유난히도 비가 잦아서
계절은 축축한 제 가슴에 얼굴을 묻었다
열매가 익어가는 길목에서 신음소리 들린다
사내의 숨은 점점 더 깊은 곳으로 간다

목소리를 고르듯 들려주는 검결은
칼이 가는 길에 관한 이야기였겠지만, 나는 작은 스푼으로
커피의 알갱이나 재면서
나무의 결이 어긋나면 겨울이 추울 텐데,
엉뚱한 생각에 물을 쏟고 말았다

엎질러진 길 끝에 파란색 나무 덧문은
아귀가 맞지 않아서 삐걱거렸다
문틈으로 새는 바람은 칼끝으로
심장을 겨냥하듯 시퍼렇다 나는 그때
이상하게 멀쩡해져서 아무도
휘두른 적 없는 칼에 혼자 등을 내주었다

아가위 열매가 익어간다

밤의 천변을 걷는다
물살 에도는 물목을 보며
나는 어디까지 살았더라,
만월에는 공손하게 허리 구부려
너의 안부를 묻는다

생각이 오고 생각이 가는 동안
저 달은 왜 자꾸 문을 여는가
그제는 남쪽에서 소식이 왔다
너는 거기서, 나는 여기서.
옆구리에 달을 끼고 오래 걸었다

만월은 야해, 아니 너처럼 슬퍼,
취중이겠지만, 느닷없는 고백에
달은 얼음의 각을 깬 불의 완성이다
혼자 델까 봐 멀리 달아났던 장면

여전히 달 따라 길을 나선다

그림자 따라오거나 말거나 지금은
아가위 열매 붉게 익어가는 때,
너는 나를 잊어도 좋다

그 나무에 불 질렀다

새벽이 맨발로 하늘 껍질을 벗긴다
세상 말들이 일어서기 전
이 길은 열리지 않은 생각의 일부
새는 깃털에 묻은 밤을 털어낸다
눈 깜빡 새 마른 잎 밟고
사라지는 기척
예감에 빛나는 저 소리는
모습 없이 흘러 다녔던 내 발자국이다
내일을 점치는 듯 오르는 뒷산
누군가 붉은 이파리 휘어지게 매달고
비탈 한 자리를 오래 지키고 섰다
환청인 듯 처음부터 없는 얼굴로
마른 가지에 한 점 눈동자를 걸어놓았다
나뭇잎 속으로 열리는 바람길
꽃자리에서 낙엽까지가 딱 한 걸음이다
이제야 눈에 들어오는 붉은 혈기
울음이 저질러져 단풍 들었다
운동화 코앞으로 해 떨어진다

주머니를 뒤져서 라이터를 꺼내 들고
마른 삭정이를 한데 모아 불을 컨다
쏟아지는 단풍 그늘에 맞불 놓듯
하늘로 기어오르는 불꽃, 익어가는 중이다

오늘의 날씨

새들이 하늘을 끌고 내려와서
이슬에 발이 젖었다
친구에게 안부를 묻고
마당귀의 토끼풀은 한 뼘이나 더 땅을 늘렸다
고양이 교성은 암수가 기괴하고
비, 허공 중에 한 금 긋는다

묵은 낙엽을 걷으러 옥상으로
사닥다리를 올리는데 하늘로 기어오르던
능소화 해가 오는 쪽으로 입술을 빼물었다
긴꼬리제비흰나비 흔들리는 꽃술에서
날개를 적시는 중이신가

김추자를 좋아하던 형제는 병이 깊다는데 소식을 모르겠고
너한테만 말하는데, 똑같은 말을 매일 하는
치매 노모는 아픈 손가락에 걸어 놓았다
야래향, 달빛 아래 향기를 뿜는다는
달맞이꽃은 낮에도 흐드러지게 꽃을 피우고 섰다

있으면 좋고 없어도 상관없는
양념딸 고명딸 성가신 이름이나 벗어 볼까
키가 작아서 목을 빼고 오빠를 기다리던 나는,
어른이 되어서도 빗소리에
들창이나 밀었다가 당겼다가,
사람이 그립다는 말은 혼잣말도 두렵다

꽃, 못 밟겠다

때죽나무 가지에 목매달았던 꽃송아리 제 목을 제가 친다
꽃그늘 자욱한 낙화 천지 무서운 무엇을 본 것 같다

꽃 이파리 건너, 건너 까치발 뗀다 백白의 그림자처럼 뒷걸
음질친다

꽃대궐, 모르는 동네 어귀에서도 안으로는 들지 못하고 밖
으로 빙빙 돌았던 기억,

백기 투항하듯 저를 부리는, 저 무지몽매 아름다운 한순간,

한 차례 비 긋고 나면 꽃, 함부로 사라질까 먼 곳으로 돌아,
돌아가는 원경이 나는 좋다

커피는 너무 쓰고 마카롱은 너무 달다

비음 섞인 목소리로 너는 나에게
불쌍하다고 말한다 안전선을 무시한
선전포고다 얌전하게 가위로 오려서 버린
우정이다 다정하게 명치를 쪼아대는
새의 부리다 단도로 직입 하는 명랑한
일갈이다 벼랑에서 등 떠다미는
손가락이다 차라리 쌍욕을 얻어먹고 싶은
열망이다 꺾이면서 또 꺾이는
무릎이다 주먹 쥐고 빠져나가야 하는
젖 먹던 힘이다 멈추지 않는 치욕의
수전증이다 칼을 물고 뛰어내리는
자진이다 일보 삼배로도 닿을 수 없는
불상佛像이다 나를 곱게 들어서 부숴버리는,
세상에서 내가 아는 최고의 욕이다

우연히 당신을 만났다

문장이 걸린 찻집 앞에서 오얏꽃을 검색하는데 자두가 튀어나온다 자두를 패버리고 오얏을 심어도 하얗게 한 입 베어 물린 이빨 자국 목젖을 타고 내린다

누구를 지독하게 기다려본 적 없지만 아무도 찾아오지 않는 여름날 이상한 중력 속으로 오얏꽃, 오얏꽃 어디서 만난 적 있는 것 같은 걸음이 골목을 돌아나온다

붉고 실한 자두를 한 바가지 들고 와서 주먹처럼 내밀었던 한 장면, 목소리는 지워지고 입술은 자꾸 풍경 너머 눈빛에게 물어나 볼까, 나는 참 멀리도 왔나 보다

입술 다물어서 얌전한 얼굴이 태연하게 나를 지나 골목, 골목을 기웃거린다 저는 모르고 나만 아는 뒷모습 아무 일도 일어나지 않은 오늘, 모르는 척 당신은 나를 지나갔다

그 항아리

처음부터 내 것은 아니었다 손으로 만지기에 너무 매끈했다 제 속을 제가 채워 오히려 의심스러운, 한 발짝 다가서면 한 발짝 물러섰다 소리가 없는 그 항아리 깨졌나, 사라졌나,

질투도 미움도 없는 거리에서 사라지지도 다가서지도 않는 항아리 신기했다 손 뻗으면 만질 수도 있었겠지만, 아름다움의 비극을 그때 배웠던 듯싶다

평온한 날이 지루했을까,

항아리에 돌멩이 하나씩 모으기 시작했다 작은 것들이 이야기처럼 쌓이면 지문처럼 무늬가 되지 싶었다 그러나 만지거나 눈으로 확인하지 않았다

돌멩이 하나에 생을 걸다니, 오가는 말이 둔기처럼 투박해질 때 그 항아리 금이 보였다 모르는 척, 아무것도 담지 않는 항아리에 나를 던지며 나는 매일 조금씩 나를 가두었다

벽 뒤의 여자가 난다

벽 하나를 사이에 두고 울음이 온다 자기를 팽개친 채 풀어져서 운다 누가 등을 토닥이는지, 정적은 기운이 세다

여기는 낯선 도시 텅 빈 방구석 벽을 타고 넘어오는 여자의 울음에 깜짝이야, 나는 울음도 전략이 되어버린 지 오래, 눈물도 배후를 뒤진다

사랑이 무엇이냐는 질문 앞에 답하지 못했으므로 나는 사랑을 모르겠는 애송이, 장대높이뛰기 선수는 어떻게 절정에서 자기를 놓아버릴 수 있었을까,

안전장치 없는 허공중에서 벽 뒤의 여자가 난다, 운다, 허리를 활처럼 동그랗게 휘어서 저가 저를 놓는다

바다, 저 건너에서 누가 온다

수평선 너머로 별이 진다 달은 그믐으로 가고 나는 점성술
사처럼 사라지는 포말의 미래를 예견한다

말없이도 한 사흘 넘어 닷새까지도 견뎌야 하던 때, 바닷새
울음소리 들렸다 울음으로 물결이 출렁인다 소리도 가슴으
로 듣는다는 것을 그때 알았다

노을이 물드는 곳에서 새들이 온다 세상이 기울어지면 나
도 함께 기울어져서 중심을 옮기는 방법, 바다는 출렁이면서
제 몸의 각을 잡았다 그믐에도 눈을 감으면 눈 속에 환한
달이 뜨기도 했다

밀물 때가 되면 바다는 천천히 몸을 연다 눈을 감고 먼 곳을
보면 들리는 소리, 물의 깊이로 가면서 오는 사람이 있다

버섯아, 헌집 줄게 스물아홉 종아리 줄래?

마른 표고를 물에 불리니 살이 탱탱하다 어제 만난 K시인
은 나더러 햇볕에 꽉 짜서 말린 걸레 같다고, 꽃씨처럼 귀에
꼭꼭 심어준다 P시인도 들릴락 말락 너도 늙는구나, 씹어
뱉는다

하긴 언제부터 목욕탕에서 저울은 피해 다니고 립스틱은
거울 없이도 가능하다 서시처럼 눈꼬리를 잡아 빼던 아이라
인은 유행이 지났잖아, 목이 깊이 팬 원피스는 재활용 박스에
처박아버렸다

이상도 해라, 새들은 늙어서도 주름이 없고 내 할머니의
할머니보다 더 오래 살았던 태양은 여전히 뜨겁게 타오르는
데, 내 한 칸 위의 길은 왜, 단애처럼 얼굴에 칼금을 그어
친절하게 길을 안내 하는 걸까,

속도가 아니라 방향이다

눈가 주름을 밟고 미간에 깊이 팬 길만 넘어가면 다음부터

는 완만한 길이 나오겠다 나만 모르고 남들은 훤히 꿰고 있는,
매일 매일 몸속으로 스미는 거기, 버섯아, 헌집 줄게 스물아홉
종아리 줄래?

수평선 간다

걸어서 한 뼘이다 너울과 너울이 나비날개로 포갠 곳 물그
림자 하늘에 지문을 찍어 그늘이 짙다

벼랑 위 벤치에는 황도광이 기침하며 맨살을 드러낸다 여
자가 왼쪽으로 활처럼 기울고 남자가 오른팔을 길게 뻗는다

한밤이 지나고 다시 개밥바라기 뜰 때까지 수평선은 입술
꽉 다문다 여자와 남자는 함께 침묵할 것이다

구름이 숨을 풀어 몸을 뒤척인다 암청색의 하늘은 시간보
다 오래된 껍질을 벗고 물젖은 발자국은 수평선 간다

상속자

시그널은 복선이다 경계가 삼엄하다
크거나 작지 않은 꽃송이로
그녀를 장식했다 봉분에 둘러선
손바닥 위에 종이 한 장씩 놓였다 편지처럼,
유산은 과거를 상속받는 것이라
누가 말했을까, 죽은 이를
수신하는 일과는
지루해라, 바닥이 바닥을 겨냥한다
고딕체로 서명란에 서명을 한다
아무도 이기거나 지지 않았다
한때는 피의 일부였던 사생활들이 서로를
외면한다 오지 않았거나
이미 가버린 미래,
아무도 물려받지 않았다

| 제3부 |

대문짝만한 전광판에 신들이 글썽거린다

미래시제로 쓰여 있는 문구들, 사건 없이도 한 생이 한 프레임 속으로 흘러간다 맛도 없고 냄새도 모르는 색색의 현란은 오직 충동과 행동을 기다린다 즐거운 선택만이 남아있다 아무 일도 일어나지 않으면서 아무것도 생겨나지 않는 오늘, 돈이 기도이고 주문이고 궁극의 목표이고, 기어이 그것으로 신들을 불러와야 불안이 사라진다 유혹은 미래를 향해 활짝 열려 있지만 그 미래의 달성은 끊임없이 연기된다 달콤한 환상은 얼마나 옳은 것인지 환상이 현실로 다가올 때 내 지갑은 열리고 통장의 잔고는 흐뭇하게 엥꼬가 난다 그제야 나는 내가 되고 싶은 나를 만나는 이상한 경험, 그러나 그 매혹의 순간은 불가능으로 나 없는 내가 유령처럼 떠돈다

여성 전용 남자 팔아요

당신이 애인을 바꿀 때
나는 굽 높은 구두를 산다
당신이 애인을 만질 때
나는 구두의 장식을 붙였다 뗐다 한다
그러다 살짝 홈집 파이면 매장으로 내달려
조금은 거만하게 그러나 재수 없게는 말고
맨발을 내보이며 나를 기억하는지?
맨숭거리던 그 아이 내 발을 보자 놀랍게도
볼에 발간 피가 돌잖아
사방을 돌아봐도 여자 점원 하나 없네
애인보다 선명하고 등뼈이 단단한
한련화 입술처럼 나긋나긋한 꽃
맨종아리 살살 쓸어주면서
상큼 발랄하게 자기야로 퉁치는 수작
너무 클래식하잖아 쫑알거리는 상술에
힘차게 카드를 긁네, 긁히네, 긁힌
고객님 앞에 중세의 기사처럼 무릎을 반으로 꺾고
발만 만지작, 만지작거리네

여기는 자본을 딛고 가는 구두, 꽃 파는 가게
당신은 실컷 애인을 바꾸시라 나는
꽃아, 오늘의 구두는 얼마?

용목이라는 말,

좋은 목재는
비 맞고, 벌레 먹고, 벼락 맞고
온몸이 흔들리면서
속부터 무너진 나무래요
벌레들이 제집을 드나들 듯
속을 실컷 파먹어서
도무지 알 수 없는 길이 생기면
문득, 하늘 문이 열리고
목수는 다만 그 길을 따라
칼집을 내면서 살을 벌리면서
나무의 결을 가만히 떠내는 거래요
태초의 생명을 손수 받듯
공간 속에 촘촘하게 박인
하늘 무늬를 받들어서 지문이 닳도록
깎고 문지르면서 달래는 거래요
죽을 고비를 몇 번이나 넘긴 나무에
숨을 풀어 생기를 불어넣어,
용의 미늘 한 번도 본 적 없지만

목수는 맨발의 신을 공손히 받든대요
받들어서 가만히 벼리는 거래요
세상에서 가장 무섭고 아름다운 무늬, 용목

바람의 말

설산 아래 사람들은 바람의 말을 듣는다 걸어서는 갈 수
없는 땅, 등짐을 진 나귀들은 뒷걸음을 모른다

행렬은 긴 회랑을 걷는 수도사의 제의처럼 바람에 나부낀
다 산정 높이까지 걸음을 옮긴다 보이지 않는 모습으로 보일
때까지 간다

한때는 바람이 영혼이라 생각한 적이 있다 바람의 등을 타
고 날아가는 새, 가슴 뚫린 슬픔처럼 가오리연, 방패연, 먼데
서 먼데로 마음을 건다

이쯤에서 이름을 불렀을까, 달빛에 눈썹 담그는 사이 백년
이 흘렀을까 누가 문득, 뒤돌아다본다 어느 저녁 길목에서
스친 얼굴이다 타르쵸*, 바람을 타고 바람으로 돌아오는,

* 티벳에서는 만국기의 형태로 종이에 경문을 적는다.

축축한 말

비가 온다 먼 길을 오느라 발목이 사라졌다 실컷 살았던 하품, 축축한 자막이다 머리에 물방울 매달고 입술은 왜 저리도, 그나저나 종이가 다 젖어서 너머가 흐리다

아무래도 오늘의 말 걸기는 거칠다 사방 비에 갇혀 비 피할 곳이 없다 눈감고도 뒤지는 산책길에 이상한 그림책, 잡초 우거진 꽃밭을 본다 커다란 물방울 속으로 우산을 쓰고 들어갔는데 어라, 무덤 속이다

삼단우산 착착 접어 옆구리에 끼고 이름을 찾는데, 없다 봉분에 비석이 없다 축축한 흙을 밟고서 저 말들은 어떻게 집을 찾아갈까, 비가 온다 귀조차 먹먹하다 귀신은 제 이름을 몰라 명부를 코앞에 두고도 돌아가지 못하겠다

오늘 저녁, 말은

침묵과 소음으로 목책을 두르고, 수로를 경계 삼아 길이 놓인다 한쪽에서는 먹고 한쪽에서는 굶는다 소문을 둘러싸는 말,

어떤 말은 서성이다가 회랑 아래 신발을 벗었다 어떤 말은 침 한 번 삼키는 사이로 요철을 만들고, 도시를 꿈꾸는 사람들이 손을 흔든다 약속은 깨지기 쉬운 액정 위에서 공사 중이다

도로 위에서 버스가 라디오의 주파수를 놓쳤다 혼잣말을 중얼거리는 노파의 발음이 잇사이로 샌다 신시가지 쪽으로 바퀴가 급커브를 그리자 치열이 고른 군복이 아, 하고 정류장을 놓친다

남자가 눌변으로 스마트폰의 자판을 누른다 여자는 신중하게 손톱을 다듬는다 누가, "밥 먹어라" 허공에 한소끔 별을 뿌린다

꽃 그림자를 밀대로 밀고

햇살을 받으며 햇살귀에 실을 꿴다
손바닥으로 쓸어보다가
엄지와 검지로 맵차게 실끝을 챈다
현악기의 음조를 닮은 기척들
서툰 시침질에도 조각보의 무늬는 오돌하다
누가, 하늘을 땅끝까지 잡아당겨
지평선을 늘어 놓았네
한 번도 가보지 못한 세상이라 치고
바늘귀 속으로 새는 바람
귀 기울인다
재채기와 기지개를 밀가루처럼 반죽해서
무명천 위에 판판하게 하늘을 펼쳐야지
오고 가는 꽃 그림자를 밀대로 밀고
그 판 위에 새끼 낳고 또 낳아 가끔은
아무렇지도 않게 이별을 생각한다
왼손과 오른손으로 번갈아 주고받는 바늘땀
입술에 침 발라 실밥 뜯어내는 오후
민들레 살짝 데쳐 쌈이나 싸 먹자

태양족이 신을 부르는 공상적 방법

사람을 만들고 살을 찢고
아기의 첫, 울음이 터져 나온다

숨결은 신을 향한 첫, 걸음

아프리카의 엘곤산 원주민들은
새벽이 찾아오면 손바닥에 입김을 새겨
태양을 향해 활짝 펼쳐 보인다는데

몸은 허락해도 키스는 한사코 손사래치던 여자를 안다
햇덩이가 물 위로 떠오르는 그때,

빛으로 터져 나오는 붉은 숨,
태양족은 순식간에 신을 켠다

환대

꿈 없는 꿈속에서도 잠을 청하면
수직상승하는 새가 보였다

화작동 여덟 굽이 절벽을 끼고돌아
뒤돌아보지 않는 길 끝에 사람이 서 있다

오래도록 죽어서 살아있는 속의 내력

횡격막 활짝 열어 숨을 삼킨다

뒷덜미를 잡아끄는,
빛을 찢어 허방을 살려내는 일

저, 순한 몰입

벼랑 아래 너럭바위 잠이 순하다

그때, 머리에 하얀 꽃 꽂을까

꽃무늬 사이로 햇살 따갑다 돌려 듣기 하던 '혼잣말' ㄲ자 들판이 뛰어든다 버스 차창에 붙었다 미끄러지는 저것들 미루나무가, 논두렁이, 아직 영글지 않은 포도가, 애기똥풀이, 언젠가 왔던 길 위의 발자국들이다

풍경은 풍경을 물고 물리면서 빠르게 뒤로 물러난다 어스름 때가 되어 카메라의 감도를 높인다 뷰파인더에 눈을 찰싹 붙이고 저기, 석양의 한 자락 내려앉은 함석지붕 위 까마귀 한 마리 원경에서도 날카롭다 1200분의 1초라면 날아가는 새의 깃털도 살릴 수 있겠다

그때, 머리에 하얀 꽃 꽂을까?

오른손 검지가 셔터를 누를 때 숨은 절로 멎는다 한 풍경이 한 풍경 속으로 뛰어 들어오면 한숨은 또 한숨을 끄고 찰칵! 어디 멀리 떠나야 하는 거다 여기에서 저기로 눈 깜짝, 할 때 숨은 몸을 빠져나간다 혼자 왔던 여기 한순간, 인화지 한 장도 무겁다

기묘한 사과

국도변에 사과나무 푸른을 매달았다 나는 이 한 풍경을 담기 위해 천둥과 번개가 오고 가는 길목에서 얼음을 채우고 햇빛을 빨고 더러는 세차게 비를 몰아 바람의 등을 탄다

여자가 두 팔을 뻗어 나무가 되었다 푸른을 손에 받쳐 들고 까치발을 세우는 한 장면은 사과가 사과에게로 건너가는 또 한 번의 번짐이다 그늘을 건너가는 발바닥에서 물방울 터지는 소리 들렸다

무늬가 쌓여있는 그늘 아래 꽃철을 기억하는 얼굴은 없다 꽃 지고 꽃이 오는 꽃차례의 순서는 내가 경작할 수 없는 이번 생의 비밀, 왼발이 나가면 오른발이 따라가듯 나는 다만 사과에 불을 켠다

꽃 진 자리에서 사과가 익어간다 여자가 여자를 기억하지 못하듯 열매는 꽃의 시절을 모른다 그러나 사과는 이제 곧 붉어질 것이고, 나는 누군가의 몸속에서 다시 몸을 만든다 아무도 여자를 이름 지어 부르지 않았다

소문

입천장에 꽃밭이 생겼나 봐
혓바닥 위에 가볍게 이름을 올려놓고
입술 밖에 내어놓을 꽃을 고르네
이빨 없는 잇몸을 해거름까지 움직이네
꽃술에 물이 오르기도 전
담장 위에 활짝 이불 펼쳐 널 듯
엄지와 집게손가락 끝을 모아
꽃말 기억하는 사람 가까이 가네
마음이 약한 나는 목젖까지 내려간
꽃의 말 발목을 잡아
'실수로 꽃이 죽기도 하는구나' 하면서
감자처럼 목구멍에 뿌리내리는 꽃
한 움큼씩 꺾어 나였다가
내가 아니었다가, 나였다가,
캄캄한 햇살을 들썩거리네
날카롭게 각을 잡아 치맛주름 세우면
꽃밭을 휘젓는 소문은 비릿해라
죽지 마, 살아서 꼭 죽여줄게

사향고양이 꼬리처럼 길게 늘어놓은
무슨 사람이 기침처럼 피었다 지네

파워코드에 대한 상상적 입장

단순한 소리가 다른 세상의 문을 연다 나는 무채색의 아름다움에 귀를 기울이며 그런 소리가 멀리 수평선도 넘을 수 있겠다, 중얼거린다 상상으로는 갈 수 있지만 발로는 갈 수 없는 곳,

한 번 다녀가세요, 뭉툭한 빗소리처럼 젖어서 건네는 목소리는 담담하다 그 애잔함에 발목 걸려 넘어질까 봐 매몰차게 끊어버렸던 용기는 나였을까, 나이고 싶었을까, 잊을 만하면 피고 또 잊힐 만하면 눈에 띄었던 집구석의 아네모네처럼

잘 있었나요? 삐칠지도 모르니 넌? 한바탕 퍼부었던 그런 날 모퉁이를 돌면 허리 굽은 가로등은 그림자를 길쭉하게 키우고 서 있었다 경계가 지워지고 있었다 기타 치는 친구는 파워풀하진 않지만 뷰티풀한 파워코드는 단조도 장조도 아닌, 경계의 경지라고 화음을 넣는다

나는 그것을 도무지 끊을 수 없는 인연과 약물 속에서 인화지 위로 떠오르던 단 하나의 얼굴이라 믿었다 파워코드는

슬픔을 소리로 불러내듯 단순하면서도 뷰티풀한 연주, 결국
내 저 깊은 곳 무덤 한 채 지어서 오래, 오래 살아있을 요량이
었나 오늘, 거짓말처럼 그의 부음을 받았다

나였다가, 너였다가, 개구리였다가

메모장에 거울, 이라는 제목만 달아놓고
잠들었다 다음날 창을 열어
당신을 건지려는데 없다
누굴까, 저기 민낯의 얼굴로 뚫어져라 바라보는

아무것도 담아둘 수 없어서
닫히지 않는 하늘, 안을 지우면 바깥이 사라지고
바깥을 부수면 안이 무너진다
타인의 연속처럼 반복되는 몸

그의 안쪽은 지금 한창 전쟁통이다
아무리 흔들어 깨워도 꿈은 꿈 쪽으로 기운다
링거를 주렁주렁 달고 깊은 잠속에서 눈 닫고 입술 꽉 깨물
어서
땅바닥을 기다가 손사래 치다가
도망치듯 겨우 몸으로 몸을 살아내는
나는 사라지지 않는 당신의 연속

순식간 삶을 태우는 듯 반짝, 눈을 뜨고
동공 속에 또 다른 동공을 잡아넣고는
안심한다 눈까풀 도로 내려 당신을 닫는다
검불처럼 가벼워져서 저가 저를 입었던 기억,
내 속을 내 것으로 채운 적 없다

조심해, 전갈

내가 장래 희망을 이야기하자 누가 깨진 이빨처럼 킥킥 거린다 희망보다는 장래 쪽에서 고개를 갸웃, 갸웃 한다 나는 모르는 척, 유유하게 꼬리를 자르고 도망친다

나는 이제 내일을 이야기하면 웃기는 사람 아무도 내 나이를 묻지 않는다 그건 내가 이미 송두리째 들켰다는 거, 신기루처럼 무대에서 흐려졌다는 말씀

그러나 저는 모르고 나만 아는, 생은 누구나 봉투를 뜯는 순간 생돈이 줄줄 새는 생피 팔아치우는 장사라는 거, 누가 밑천이 바닥난 봉투 앞에서 즐거울 수 있을까마는,

세상에 졌다는 전갈이 빠르게 허벅지 안쪽으로 기어들어 온다 웃을까, 울까, 아무리 그래도 그렇지 멀쩡하게 숨을 쉬는 내 코앞에서 검지로 콕 집어 나를, 기어이 똑똑해야 직성이 풀리겠니, 넌?

| 제4부 |

모르는 쪽

제비꽃과 나비가 어우러진 새 찻잔에 눈이 내린다 이상하고 아름다운 반칙이다 주위가 낯설다 식탁과 커튼과 찻장을 모두 바꾸어야 꽃과 나비가 어울릴 텐데,

이어폰을 꽂고 찻잔을 들었다 놓았다. 파마산 가루가 하얗게 뿌려진 샐러드를 오물거린다 꽃과 나비와 설산의 반딧불이 속을 걷는다

응, 혹은 아니라고 말하지 못하는 이쪽은 저쪽을 모른다 대답을 찾고 있는데 다녀올게, 떠나면서 다정하게 찻잔을 붙드는 너는 모르는 쪽이다

나는 나를 구하지도 못하면서 설산에 든다 크레바스의 문이 열리는 동안 식탁을 바꾸고 찻장을 세우고 바람을 가위로 오려서 벽에 붙인다 한 생이 지나가고 나는 제비꽃 찻잔 속에 빠뜨린 나비, 파란 날개를 저으면서,

역병이 지나가면 다녀가세요

나는 머리 검은 곰족 여인이다
동굴의 문을 등지고 앉아
마늘과 쑥으로 몸을 채운다
저 문은 내 등을 주시한다
잊을 만하면 치받고 또 치받는 체기,
동굴의 문에서는 쇠종이 흔들린다

나는 문을 열고 나갈 수도
주저앉을 수도 있다
신단수 아래서 환웅이 등을 보일 때
남쪽에서 소식이 올라왔다
역병이 지나가면 다녀가세요

역병에 방점이 찍혀 있다
그러나 나는 지금 내 그림자에 몰입한다
환하게 문을 통과한
햇빛의 소리에 귀 기울인다
동굴의 벽에 아른거리는

그림자는 나인가, 나였던가, 내 속에
또 한 마리의 야수인가,

곰의 몸에 갇혀 살던 여자는
사람의 몸에 갇혀 사는 곰이 되리라,
역병이 창궐해서 쇠종 소리가 울리고
사람을 만질 수 없는 세상에서도
등 뒤의 문은 열려 있다

절망을 견디는 한 가지 방법

찬피 동물이 몸을 덥히는 스물네 시간 물과 불이 다투는
꿈속이다
허기를 채우려고 하고 또 하고,

바람의 뼈마디가 꺾일 때까지 솟구치는 푸른 짐승
뱃바닥으로 땅을 기어 진흙이라도 집어먹고 싶다

흑암에서 터지는 빛,

흙 위에 꽃삽을 꽂듯
이름이 뭐니?

아무리 애를 써도 몸 달아오르지 않는다
이름이 뭐니?

누가 입을 크게 벌리고 머리부터 몸통을 덥석 먹어치운다
이건 다만 환영일 뿐
죽어서도 생각나지 않는 당신은 있기나 했었을까

첫눈이 내리고

아무 때나 어디서나 질문할 수 있기를 꿈꾸지 말 것

무명지

북한산 포대능선 지나 Y자 협곡에 몸 매달았다
바위틈 사이로 발 들이밀다 말고
손가락 마디 하나 잘린 꽃숭어리 뭉개져서
울먹하게 생긴 꽃, 저 혼자 붉어서 흐드러졌다
이름을 몰라 눈으로나 서성거리는
무명지, 심장에서 제일 가까운 손가락을 닮았다
연애도 없는 반지 하나 끼워줄까
뜨거운 단지로 혈서도 가능했지만
부드럽게 눈가나 쓸어주듯 꽃 주위 서성이면서
위로 올라가지 못했다
밤이 쏟아진 듯 주둥이 빨갛게 물오른 까마귀 떼
머리 위에서 한참을 정지했다
아차, 하는 순간이면 여기가 내 생의 완성일 수도 있겠다
밟고 지나가야 하는 길목 딱 그 자리
꽃 모가지 위에서 내 발은 왜 허공을 딛는가
북한산 북벽 넘어 포대능선 걷다가 보면
있는 듯 없는 듯 애써 지운 붉은 꽃
목을 비틀어 오래 뒤 돌아다보게 하는,

리젝트

오른쪽 눈 밑이 발발 떨린다 밥 잘 먹고 발바닥 궁굴리며
한밤을 건넜는데 몸이 몸 같지 않다 완전히 딴살림 났다

떨림이 저 혼자 심하게 까부라질 때는 마른번개치고 깨질
듯 이명도 따라붙었다 소리가 소리를 불러와서 한 아가리
삼키는 이상한 짐승

의사는 자가 면역체계가 파괴되어 심하게 내가 미끄러지는
중이라 했다 아수라가 된 속을 다시 붙잡으려면 내가 나를
때려 부숴야 한다는데,

산도를 통과하면서 모태를 배반하듯 초월이 아니라 물화,
식어버린 잿더미 위에서 성부를 거절하고 성자로 태어난 맨
발의 사내도 죽어서야 살았다는데,

타인의 출발

아버지의 부고를 받았다 과일과 상어 고기 한 토막을 사
들고 키 작은 아버지 손을 붙들었다 막다른 골목에 들어서면
지붕이 낮은 파란 대문집이 보였다

물방울원피스가 사과처럼 반기고 아무렇지도 않게 신발을
벗는 아버지가 낯설었다 어금니를 꽉 깨물어서 아랫배가 아
팠지만 울음을 삼킨 얼굴은 기묘해라, 상냥한 언니가 좋아질
까 봐 겁이 났다

언제부터 거기 들어 사셨어요? 아버지는 농담처럼 죽음도
가벼웠다 어처구니없게도 우유에 버터를 한 스푼 녹여 젓다
가셨다 나도 간단하게 판을 깨버릴 수 있으리라,

그러니까 여기를 건너면 피붙이 없는 세상이 열리고 거기
서부터 나는 굽 높은 구두 팽개치고 머리도 산발한 채 노을의
비릿한 체취와 아름다운 독버섯을 온몸에 칠갑하면서 살 수
있는 거다

죽은 아버지가 몸속을 들락거린다 나는 깜짝 놀란 사람처럼 오빠가 파해버린 아버지 제상에 밥과 탕국을 올린다 향내를 밟으며 돌아오는 소리를 향해 마루에 무릎 꿇어 두 번 이마를 찧었다

엄마, 자꾸 누가 불렀다

'사랑'이라 이름 지어 불렀는데
피를 먹고 자란다는 꽃이었네
주린 배를 잡고 입술을 달싹거리네
막무가내 졸라 대네
앉지도 서지도 못하면서 나는
어떻게 밖으로 빠져나갈까, 궁리 중이네
시작도 하지 않은 서사처럼 악몽이었는데
엄마, 자꾸 누가 뒤를 당기네
끈끈이 탯줄에 감긴 것처럼
먹이를 구하려는 몸이 먼저 예쁘게
발톱 세우네, 계절이 서성거리는
하늘에는 피가 자욱하네,

나비가 날개를 말리는 시간

　누가 꼭짓점을 향해 무릎걸음으로 온다 엄지와 검지를 나란히 눈썹 밑에 두고 나비 날개를 향해 몰입한다 그러나 나는 지금 날개를 말리는 시간 호흡을 정지한 채 꽃잎 한 장을 넘는다 햇살을 향해 정수리를 연다

　그림자를 지우며 다가오는 죽음은 달콤할까, 침묵은 날개를 펼치기 직전의 빛나는 공포, 색색의 바람개비 속에서 핸드폰을 잃어버리고 다음 날 택시에 가방을 두고 내렸다 나비는 치과에서 이빨 세 개를 뽑았고, 매일 노모의 약을 챙긴다

　나이를 자꾸 묻는 엄마의 머릿속에 나는 누구로 사는 걸까, 눈썹 위에서 반짝이는 별의 이름은 이미 죽었던 나의 흔적이다 핸드폰은 아직 돌아오지 않았고 되찾은 가방은 속이 비었다 나는 양 날개를 염습하듯 포개고 사람의 얼굴에서 자꾸만 하늘을 본다

파묘

제비꽃 보라무덤 색으로 붐빈다 무릎 꿇어 낮은 자세다 봉
분 위에도 제단 아래도 서열이 없다 양지쪽에 발린 제비꽃은
이생의 기록, 보라가 짙다

죽음에 홀린 듯 여자는 꽃 앞에 앉았다 물을 뿌려 땅을 적시
고 흙을 벌려 뿌리를 캔다 악착같이 흙을 쥐는 한 줌 힘 앞에
서 숨 한 번 몰아쉬고 뿌리를 흙에 묻어 제자리로 돌린다

저도 여기에서 저기로 가는 것에 안간힘을 쓴 것인지 금세
꽃 이파리 시들하다 죄를 고하는 듯 뿌리를 털면서 손톱이
까매지도록 여자는 흙을 다진다

인연 깊어 가난한 인연 앞에 제비꽃으로 돌아온 여자, 저를
심다 말고 덩어리처럼 앉았다 난데없이 빗방울 뜬다 색이
연하고 입술 야들한 혼잣말은 저가 저를 모르고 낮은 자리
그때처럼 해거름이다

그 많던 엄마는 어디로 갔을까

그때, 엄마는 이마도 반듯해라 머리는 은제 반달핀으로 틀어 올렸네 앞머리는 귓불까지 흘러내리고 젖무덤 앞섶에서 달랑거리던 작고 반짝, 반짝 목걸이,

지금은 왜, 내 모가지에서 갈피를 못 잡는가 엄마가 갈퀴손으로 엉거주춤 내 목을 쥔다 한글도 날짜도 새끼도 저마저도 놓아버린, 그러나 끝끝내 지키고 싶은 마지막 가오는 오줌,

오 분에 한 번, 십 분에 한 번, 방금 일 본 것조차 까맣게 까먹고 조바심치는,

속곳을 차례로 끌어내려 시원하게 오줌을 누이네 쏟아지는 노구를 온몸으로 받아 안아 떡 진 머리칼 빗기다 말고 그 많던 엄마는 모두 어디로 갔을까 나는 지금,

졸업

저녁 산책길에 노모와 통화한다
내가 엄마, 불러도 대답이 없다
발목 없는 그림자에 버드나무 잎싹이 기웃거린다
꿈에서는 귀밑머리 새파랗게 물이 올라서

엄마는 날짜도 시간도 풀어둔 채
매일 새것처럼 약봉지를 뜯는다
나는 알람에 맞춰 전화통을 붙들고
귀신을 부른다는 나무의 혼령을 생각했다
물 젖은 불빛으로 새들은 발자국을 지운다

밤의 꽃그늘 속으로 발목을 빠뜨리는
땡땡이무늬 원피스에 머리 틀어 올려서
반달핀을 꽂았던 여자는 기억이 지어낸 허구다
내가 웃으면 따라 웃고 내가 울면 따라 우는,

노인이 휠체어를 타고 졸업식장으로 들어온다
긴장한 얼굴로 가끔씩 여기가 어디니?

얼굴이 동그랗고 키가 작은 딸년을
머리에 이고 앉아 니가 언제 이렇게 늙었니?
복수초가 눈물로 노랗게 익었다

케렌시아*

   대퇴골 부서져서 누워있는 엄마랑 영상 통화한다 면회도 안되고 간병은 엄두도 낼 수 없는 팬데믹이어서 딸년이 할 수 있는 일이라곤 전화질뿐이다

   매일 같은 시간에 알람을 맞춰놓고 반 평짜리 지구 위에 누운 극노인의 안부를 캔다 최대한 밝게 최대한 높은 톤으로,

   틀니 뺀 입술로 '이상 무'를 오물거리는 30초, 사실 다른 말은 알아듣지도 못하면서 명료하게 들려오는 '이상 무' 엄마가 괜찮다면 뭐, 괜찮은 거다

   꼭꼭 씹어 밥을 먹고 분홍색 패딩도 한 벌 사고 미장원에서 보브컷으로 멋도 부렸다 밀린 빨래와 친구랑 긴 통화도 하면서 "거울아, 거울아, 이 세상에서 누가 제일 나쁜 년이니?"

   다이어트 앱을 깔고 스쿼트 서른 개를 마쳤다

---

* 투우경기장에서 투우사와 마지막 결전을 앞두고 소가 잠시 쉬어가는 곳.

나는 그저 비겁해져서

그미의 낡은 슬하에 자식들 모여 앉았습니다 손가락 굵은
마디 마주 걸고, 무겁게 눈꺼풀 들어 올립니다

눈감고도 훤한 부엌살림 기웃거립니다 손가락에서 반짝거
리던 반지를 뽑아 여식의 손바닥에 도로 심습니다 잊으면
안 되는 무엇처럼 동진아, 이름을 호명합니다

"현숙아, 꽃나무에 물 줘라"

문지방을 넘어오는 한 문장에 딸년이 걸려 넘어집니다 목
소리는 끝이 갈라져서 사막이고요 흐려진 그미를 오래 부둥
켜안았던 형제의 뒷등이 갑각류의 껍질처럼 막막합니다

나는 그저 비겁해져서 오늘 날씨가 너무 춥네, 딴청이고
요 싹 쓸어 한 달 함께 살아보기를 마친 오늘, 엄마를 요양원
으로 모셨습니다

면회

살아있어도 죽은 불빛, 반 평짜리 지구 위에서
잇몸 오물거리는 소리는 소리가 아니다
지나간 것들을 주워다 호주머니를 채우는
기억의 회로는 누구의 통제도 불허한다

한 벌 옷으로 먹고 입고 잠을 자는
여기는 천국인가 지옥인가 성별을 모르겠는
닳아빠진 가죽 부대 안에서 쏙 빠져나온 맨발
맑고 깨끗해서 처음의 첫, 처럼 말랑해서
그러나 저 발은 땅을 딛지 못한다

생의 요긴한 동작들은 어디로 흩어버리고
살기는 언제 살았었는지 걱정도 늙어버려서
저 낡고 구겨진 옷 한 벌이 세상천지다
세 시간 굴러 와서 딱, 십 분 면회하고
사진 한 방 찍고 허언증 환자처럼

또 올게, 다음이 있을까, 다시 돌아보면서

쓸쓸한 이별 앞에서 통틀니처럼 가지런하게
저 깊은 고랑의 까매진 얼굴에 나는 자꾸 걸려 넘어지면서
돌아서지도 다가서지도 못하는 딸년의 셈법으로
엄마, 사라진 불빛에 애써 심지를 돋우면서

완성은 지루하다

당신은 내가 사랑을 말하지 않는다고 불만이지만
포장을 뜯어버린 선물상자에 누가 눈독을 들일까
나머지를 채우고 싶은 욕망이 활기를 불러오는 거다

새벽에 눈 뜨자마자 커피를 즐기셨던 내 아버지도
커피 잔의 커피는 딱 칠 부를 고집했던 이유.
여백에 대한 사색은 꽃씨에서 열매로 넘어가는 그 사이에
있다

그쯤에서 엄마는 얼떨결에 새끼 낳고 또 낳아
아버지 모자까지 슬쩍 버리는 척,

다 끝났다! 죽은 남편 사진 앞에서 완성을 외친 그날부터
웬일인지 하얗게 기화하는

꽃잎의 하얀 머리, 하얀 얼굴, 하얀 눈썹, 하얀……,
사랑을 다 마친 육체 지루하다

다시, 아비정전

다리 없는 새의 이야기를 안다 일평생 허공을 밀면서 날아다니는 이의 이야기는 허구다 잠을 잘 때도 바람의 등을 타야 한다는데, 거짓말처럼 죽어서야 겨우 땅 위에 몸을 내릴 수 있다는데,

그는 죽어서 말을 한다 모자를 써라, 양말을 신어라, 잠이 오지 않으면 그냥 눈이라도 감고 있어라, 나는 없는 그를 쓰고 신고 팔짱까지 끼면서 거리를 쏘다니곤 한다 이것도 물론 허구다

꿈속에서 이별을 하고 화들짝 놀라서 베갯잇을 흠뻑 적셨던 기억, 더 이상 사람을 만들지 않는 몸이 만삭으로 산통을 겪네, 아무것도 쓰여 있지 않은 편지 속의 내용처럼 혼자서 입술을 모았다 떼는,

시인의 그늘, 혹은 조각들

손현숙

0

지금부터 내가 하는 이야기는 시가 되지 못한 나의 이야기들이다. 시 말고는 할 수 없었던 내 꿈속의 현실 이것이 허구이든 사실이든 그런 것은 관심이 없다. 그러나 시여야만 하고 시만이 할 수 있는 이야기의 뒷배경을 여기 적는다. 나는 왜 詩여야만 할까. 아직은 시가 되지 못한 나의 숨은 방 속의 이야기. 그것이 비밀이어도 괜찮고 미지의 방 속에서 살아남지 못한 무엇이어도 좋다.

지금은 시월이고 나는 유월의 어느 날을 걷는다. 햇살 맑아 따가웠던 그해 유월의 어느 날은 오만 년 전인지 재재작년인지 기억이 없다. 다만 누군가 저벅저벅 걸어서 내 속으로 들어

왔다는 사실 외에는 모든 것은 포커스 아웃이다. 담담하고 명료하면서도 거침이 없는 그의 습격은 매혹을 넘어선 미혹이었다. 그리고 그것은 뿌리칠 수 없는 유혹이자 발정이었다. 이생에서는 좌로도 우로도 맞출 수도 없고 맞춰서도 안 되는 한 인생의 드러남은 곧 사라짐을 예견하는 아름다움이었다. 저는 남고 나만 사라지는 이상한 경험. 사라지면 사라질수록 더 단단하고 짙어지는 무서운 현상. 아무리 다가서려 애써도 간격은 더 멀어지면서 다가서지지 않지만, 또 물러나지지도 않는 집착. 매혹, 환희, 영광, 빛남, 환멸. 언어로는 표현이 될 수 없고 문자로도 세울 수 없는, 음악 같기도 하고 춤 같기도 하면서 보이다가 사라지다가 다시 나타났다가는 패악을 부리고 돌아서 버리는 악의 광채. 그 어느 부근에 내 시가 살아 있지 싶었다. 말할 수 없는 것들에 관하여 말해야 하고, 말해야만 하는 그것이었으므로 환유, 대상과의 불일치로 너머의 너머를 꿈꾸면서 축약과 생략과 생각의 무늬까지도 기록으로 남겨놓고 싶었던 어느 한 시절의 욕망. 간절했던 내 생의 진실.

0-1

다리가 없는 새의 이야기를 안다. 새는 살아있는 동안은 하늘을 계속 날아야 하는데, 잠을 자야 하는 시간에도 허공을 지붕 삼아 바람의 등을 타야 한다. 그런데 새가 딱 한 번 기적처럼 땅에 몸을 내려놓을 수 있는 순간이 있다는데, 그것은 바로 죽음이 도래하는 그때라는 것. 그러니까 새는 죽음을 통해서만 땅으로 몸을 내릴 수 있다는 것인데, 그것은 새의 입장에서는 바로 완성의 한때, 자유인 것이다. 일평생 허공을 밀면서 하늘을 날아다니는 새의 이야기는 물론 허구다. 그러나 죽음의 한때, 완성을 맛본다는 새의 이야기는 시처럼 벼락과도 같은 이야기였음에 틀림이 없다.

0-2

소설 속 무무는 게라심의 두 번째 사랑이다. 무무와 게라심은 아무것도 확인하지 않아도 서로를 안다. 무무는 강가에 버려졌던 강아지.

게라심은 듣지도 말을 할 줄도 모르지만 힘이 무척 센 농노다. 고단했던 두 존재는 서로의 육체에 기대어서 헛간에서 잠들곤 한다. 먹을 때 먹고 일할 때 일하는 것, 외에는 아무것도 없는 게라심은 충성이 무엇인지도 모르면서 지주에게 복종을 한다. 그러던 어느 날 게라심에게 사랑이 찾아왔다. 첫 번째 사랑 타티아. 그녀는 게라심의 심장을 흔들어놓을 만큼 아름답다. 타티아를 사랑하면서 게라심은 조금씩 소망을 키워간다. 그것은 사랑과 자유에 대한 열망이다. 게라심의 느닷없는 변심이 무척 못마땅했던 지주는 타티아를 다른 농노에게 시집을 보낸다. 사랑을 지켜내지 못했던 게라심은 조

금씩 스스로를 살해하기 시작한다. 그러던 어느 날, 기적처럼
두 번째의 사랑이 찾아왔다. 무무! 이번에는 누구에게도 빼
앗기지 않고 반드시 지켜주고 싶었던 사랑이다. 그러나 농장
의 주인은 게라심의 반항을 인정할 수 없다. 그렇게 무무를
죽이라는 명령과 함께 게라심은 고민에 빠진다. 그 길로 게라
심은 무무에게 고깃국을 먹이고 배에 태운다. 게라심은 무무
의 몸을 꼼짝 못 하게 묶어버린다. 밧줄에 몸이 꽁꽁 묶이는
동안에도 무무는 게라심을 의심하지 않았다. 어떤 상황에서
도 사랑을 믿는 무무의 행동에서 게라심은 문득, 사랑과 자유
의 등식을 생각한다. 그리고 무무를 제 손으로 강물에 던져버
린다. 마치 아무것도 지키지 못했던 저를 버리듯 게라심은
이전의 자기를 버린다. 그것은 단 한 번도 생각하지 못했던
신분의 탈출이다. 많은 것을 잃고 난 후에야 게라심이 얻은
결론은 스스로가 힘을 갖는 것이다. 그리고 이제 게라심은
안다. 힘이 없으면 사랑도 자유도 없다는 것을.

시가 없으면 나도 없다는 것을.

0-3

아버지가 돌아가시고 오히려 죽은 아버지와 더 많이 가까
워졌다. 아버지는 시도 때도 없이 나를 찾아오셔서는 모자를
써라, 양말을 꼭 신어라, 잠이 오지 않으면 그냥 눈이라도

감고 있어라, 등등 간섭을 하신다. 그러면 나는 그냥 아버지의 모자를 쓰고 양말을 신고 아버지와 함께 거리를 쏘다니곤 한다. 이것은 허구다. 그러나 삶이 무척 두려웠었고, 죽음으로 완성을 이루었던 어떤 존재는 오히려 이승에서보다 더 자유한 것은 아닐까. 그런데 이상한 것은 삶의 어떤 습성이 '계'를 넘어간 그곳에서도 여전하다는 느낌. 그러니까 육체를 벗어버린 영의 존재들은 오히려 자유롭게 시공을 훨훨 넘나들고 있는 것인지도 모르겠다는 생각. 가끔은 꿈속에서 배가 고프면 잠에서 깨자마자 밥그릇을 싹싹 비우기도 하는 것처럼 혹시 여기가 거기는 아닐까. 그러고 보니 나는 사흘만에 주검에서 부활을 하셨다는 이천 년 전의 사내와도 여전히 내통을 한다.

0-4

커피 한 잔을 마시는 동안이었을 거다. 그녀는 물처럼 방안에 담겨있어도 곱게 화장을 하고 머리를 빗었을 것이다. 때에 맞춰 밥을 한 수저 떴을 것이고, 턱선이 고운 누군가의 얼굴을 떠올렸을지도 모르겠다. 레이스 커튼을 걷어 올려 창으로 햇살을 듬뿍 들일 수도 있었을 것이며, 오랜 친구랑 한 달 후쯤의 약속을 정할 수도 있었을 것이다. 이미 늙어버린 엄마에게 치매 약을 챙겨 드시라는 채근도 할 수 있었겠다. 빈 젓가락을 들어 허공에 이름 석 자를 적었을지도 모르는 일. 이미 떠났거나 떠나버릴 얼굴을 만지작거렸을 것이다. 의자 두 개짜리 식탁은 답답해, 중얼거리며 김 한 장 위에 밥을 조금 얹다 말고 문득, 먼지처럼 가벼워진 삶이 복사뼈를 타고 정강이까지 올랐을 것이다. 문득, 그녀는 말랑하고 길고 가벼운 무엇을 생각했을 것이다. 잠시만 참으면 간단할 텐데, 혼자 피식 웃기도 하면서 고개를 꺾어 천장을 휘둘러보았을 것이다. 천장과 바닥의 간극이 사라지는, 입속의 밥을 서둘러 삼켰을 것이다. 성큼성큼 걸어서 청바지에 묶여있던 가죽 벨트를 무사처럼 잡아 뺐을 것이다. 빨간색 간이 의자를 옆구리에 끼고 부엌으로 돌아왔을 것이다. 사무원처럼 의무적으로 의자를 놓고 가스렌즈 위로 올라가서 작은 발판을 밟고 천장의 가스관을 손으로 확인한 후, 다시 가느다란 목에 부……, 드럽게……, 한 번, 두 번, 벨트를 챙, 감고……, 조금만 참으면 괜찮다, 괜찮다, 괜찮다, 눈에 밟히는 미움아, 사랑아, 두려웠던 내일아, 마지막 감각인 발끝으로 의자를 차버렸을 것이다. 파노라마처럼 한 생이 가슴으로 벅차게 지나갔을 것이다. 아마 내가 탄자니아 커피 한 잔을 목젖으로 부드럽게 흘려 넣었을 꽃철, 그녀의 부음을 받았다.

0-5

산문에 들어서자 그늘이 짙다. 어디선가 홀딱새가 홀딱, 홀딱, 나를 홀린다. 무작정 새소리 따라 접어든 이 길, 벌써 내가 목표했던 길에선 한참 멀어졌다. 나무들 푸른 잎사귀가 햇볕을 흠뻑 빨아 피돌기가 왕성하다. 바람이 나무와 나무 사이를 넘나들며 춤을 춘다. 저것을 무어라 이름 지어 불러 줄까. 혼자 걷는 산길. 문득 잃어버린 길 앞에서 숲은 혼돈이다, 두려움이다. 멀리서 훤히 보이던 길이 눈앞에서 감쪽같이 사라져 버릴 때. 아무리 입술의 근육들을 움직여서 불러도 불러지지 않는 이름처럼 도무지 나타나지 않는 길. 어디로 갈까. 왼쪽으로 돌면 오른쪽이 길처럼 보이고, 다시 사선으로 능선을 끼고 올라치면 어느새 도로 제자리. 죽어라 도망쳐도 단 한 발짝도 움직일 수 없었던 어릴 적 꿈속처럼 누가 나를 꽉 움켜쥐고 제자리걸음을 걷게 하는 것 같다. 어떻게 지금을 빠져나갈까?

바람이 가는 길에서는 소리가 들린다. 그러니까 소리가 가는 길은 바람의 길이다. 그 길 따라가다 보면 어느새 멀리 세상의 뒤편으로 물러서 버린 듯. 가도 가도 바람은 바람으로 이어지면서 사람의 의미는 점점 흐려진다. 나뭇잎 그림자 무늬들을 발로 꼭꼭 짚어 밟으면서 들리는 소리들을 손바닥에 올려놓고 들여다본다. 홀딱새, 바람새, 과부새, 팥배나무, 상수리나무, 병꽃, 산초, 층층나무, 자귀나무, 환삼덩굴, 칡덩굴, 아기똥풀……. 세상의 이름들을 모두 불러들일 때까지 집으로 가는 길은 왜 점점 부드럽게 지워지는 걸까?

입술에서 사라진 문장처럼 숲은 캄캄하다. 이러다 비라도 한줄기 쏟아지면, 발이라도 삐끗 비틀리기라도 한다면 집은 참, 점점 더 멀어지겠지만, 이건 뭘까. 마음 편안해지면서 피가 순하게 도는 느낌. 할아버지의 할아버지의 할아버지가 살던 땅. 흙으로 돌아온 것처럼 나보다 먼저 내 피가 나를 알아보고 편안해하는 거다. 아무런 짓거리 하지 않아도 사철 바람과 햇빛과 물과 공기만으로도 충만해져서 내가 저절로 살찔 수 있을 것만 같은데. 생각 없이 움직이는 팔과 다리가 편안하다. 목적 없이 가는 길이 그저 내 길이었으면 좋겠다. 가다가 서고, 서서는 밥 먹고, 발길이 머무는 곳에서 잠자고 새끼 낳고, 또 만나고 헤어지고, 아무렇지도 않게 형체도 없이 색깔도 없이 떠돌고 싶었던 시간들. 지금은 그것들 어디에서 무엇이 되었을까?

사람이 밟고 지나간 자리는 너무나 지독해서 산길도 맨질하게 가르마처럼 훤하다. 산 그림자도 들어서지 못하는 땅. 사람의 소리들로 소복하다. 아마 저기 어디쯤부터는 시간이 흐르는 살림살이가 시작되는 모양이다. 다 왔다. 안심이 되다가도 돌아갈까, 왜 뒤가 켕기는 걸까. 한 지붕 아래 오롯이 모여서 밥 끓이고 새끼 낳고 밤마다 꿈꾸면서도 나는 왜 그곳이 매일 낯선 것일까. 구름을 타고 무작정 떠돌면서 다시 바람이 시작되는 시간을 기다리는 설렘. 그동안이 내가 지금 살고 있는 여기라면 괜찮을까? 여기서는 저기를. 저기에서는 여기를. 숨조차도 끊어버리고 거침없이 하늘 속으로 날아가는 새처럼 느닷없이 길 잃어버리는 한순간, 그것은 매혹. 오늘도 내일도 입술에서 사라질까 전전하는 내가 쓰는 문장이라면 어떨까? 태양의 정곡을 향해 가듯 가도 가도 집은 왜, 참 멀기만 하다.

0-6

"날 용서하고 최대한 빨리 잊어줘요. 나는 슬픔과 불행에 시달려 마녀가 되었어요." 마르가리타는 남편이 있는 유부녀다. 그런 그녀가 어느 날 갑자기 아자젤이라는 약을 온몸에 바르고 팽팽하게 젊은 마녀가 되었다. 세상에서의 행복이 보장된 남편을 한순간 벗어버리고 정신병동에서 환각에 시달리는 애인을 위해 기꺼이 타락천사를 자청한 거다. 마녀가 된 여자는 소설가 애인을 모욕했던 악의 축들에게 악마의 힘으로 복수를 감행한다. 여자는 자신이 참, 혹은 사랑이라 믿는 무엇을 위해 거침없이 행동으로 옮기는 용기를 보였던 거다. 불가코프의 소설 『거장과 마르가리타』는 "항상 악을 원하면서도 항상 선을 창조해 내는 힘의 일부"라는 악의 존재에 대해 이야기한다. 그러나 소설 속의 악은 우리가 믿고 있는 악의 모습과는 일정 거리를 유지한다. 물론 선인 척 슬쩍 인간을 기만하는 위선을 부리지도 않고, 선의 이름으로 악을 외면하는 허위를 허용하지도 않는다. 그곳에서 악마 혹은 마녀의 모습은 우리하고는 차원이 다른 저 세상의 높이나 넓이가 갖는 규범 같은 것이다. 이곳에서 금지되어 있는 위반이나 불온 같은 것들이 악마의 세상에서는 갓 지은 밥처럼 따끈하게 행해지는 것이다. 자기가 옳다고 믿는 어떤 것들을 향해 한 순간 불처럼 타오르는 그 무엇.

나는 그것을 시 혹은 시쓰기,라고 이해하고 있다. 부와 명예를 간단하게 버리고 가난하고 정신병증을 앓는 애인을 위해 단 한순간의 망설임도 없이 마녀가 되어버린 여자. 그녀의 생각이나 행동은 선과 악이 완전히 이분법화 된 여기, 시간의 나라에서는 이해도 용납도 되지 않는 행동이다. 그러나 소설 속에서 '마르가리타'의 행동은 피폐했던 애인의 영혼을 구원한다. 물론 소설이지만 불가코프의 악의 선언은 문학 전반에 걸쳐 되짚어 보아야 하는 담론이다. 그것은 악마에게 영혼을 팔아서라도 세상의 본질과 맞서고 싶어 하는 시쓰기의 몸부림. 마르가리타는 애인의 문학을 위해 마녀가 되었겠지만, 나는 나의 문학을 위해 기꺼이 악마에게 영혼을 팔아치우는 마녀가 될 수 있기를. 있을까?

0-7

물 위를 걸어오는 베드로의 모습이 저러했을까, 아무것도 할 수 없노라 오체투지하던 여든 노구의 모세가 저러했을까. 오래된 도시 중세의 가을쯤에서 그가 무심한 듯 걸어 나온다. 회색빛 대지 위에 공기의 살을 펼치며 그의 손에는 아무것도 움켜쥔 것이 없다. 바람의 결을 따라 세상 쪽으로 그가 조용히 몸을 내린다.

가늘고 여린 그의 얼굴선은 너무 고와서 깊고도 아름답고 아름다우면서도 깊다. 끝을 알 수 없는 비밀의 심연을 바라보듯 한동안 그를 향한 침묵은 차라리 물음의 답보다 더 명징하다. 시지프의 비극은 그가 힘겹게 밀어 올린 돌덩이가 다시 굴러떨어지리라는 것을 처음부터 잘 알고 있었다는 것인데. 그러나 시지프는 언덕을 내려올 때 언제나 맨손으로 세상을 여유 있게 바라보기도 한다는데. 누구를 사랑하고 배려하고 궁금해하고 말이나 행동에 있어 누군가의 지배를 받으며 의식의 언저리를 맴돌 때 영혼은 굉장한 에너지를 요구하기도 하고. 다트게임의 표적처럼, 한 치 앞의 낭떠러지, 지뢰밭의 고요함, 외줄 타기의 고독처럼 조심조심 뒤통수를 스스로 지켜야 살 수 있는 세상. 그는 자신이 힘겹게 밀어올린 돌덩이를 정상에서 스스럼없이 내려뜨린다. 사람과 사람 사이의 끈적임에서 스스로 한 발짝 뒤로 물러선다. 모두 잃어 차라리 담담해지는 정신의 세월 일백십구 세를 넘긴다.

열두 번 찼다가 기우는 달이 지구를 마흔네 번 돌았다. 정령들은 비밀처럼 그의 주위를 돈다. 마음속 생각들을 그는 스스

로의 날개 위에 받아 적는다. 달이 모양을 바꿀 때마다 그도
모습을 바꾼다. 그러고 보면 그는 한번도 이 땅에 뿌리를
내리고 살았던 기억이 없다. 그는 지금 혼자 지어낸 세상에서
뜨고 지는 별을 밟고 서 있을 뿐. 당신 혹시 들리는가? 그가
나누는 저 세상과의 대화. 어둡고 찬란한 그림자 없는 몸체.
여성과 남성을 한몸에 지닌 오로지 비밀의 모습으로 살다가
는 바람. 내 눈에는 보인다. 느리지만 게으르지 않고, 의식적
으로 고집하는 자기만의 환상. 우리들의 영역 밖에서 내려오
는 저, 시인의 머리 위로 떨어지는 빛, 세상의 말로는 풀 수
없는……

0-8

지하세계와 지상의 세계가 교차하는 시간, 창이 넓은 거실
에 그녀는 덩어리처럼 앉아 있다. 지나간 무엇들을 뇌 속으로
넘기며 단어와 문자와 기호들로 무늬지는 앞으로의 무엇들
을 꼼꼼히 짚어본다.

거대한 설계에서 돌 하나가 빠진 듯. 여름날 지나가는 여우
비의 환영처럼. 정확히 계산된 분노의 곤봉에 망설임 없이
몸을 내주었던 그녀. 비밀의 모습으로 살다 가는 그 남자를
사랑하였으니……

출구 없는 자신의 입장을 말없이 몸으로 막아서는 그녀.
우리는 그녀를 그의 가능성이라 부른다. 생각하면 생각할수

록 속이 허하고, 향기는 짙고 깊어서 주변에서 더 그윽해지는 표현하기 힘들고, 결말이 분명한 그를 그녀는 오늘도 서성인다.

누구나 빛을 이해하기까지는 어둠을 필요로 하는 법. 막막함은 언제나 그녀의 몫. 그림자 한 점 없는 집안에 앉아 빨간 빛깔의 꽃차 한잔을 넘긴다. 어둠이 폭발하고 새벽이 올 때까지 동그랗게 몸을 말아 그녀는 기다린다. 사람이 가장 무서운 이승에서 그녀를 살게 했던 힘. 그녀는 그것을 운명이라 불렀다. 그녀의 시간과 운명을 모두 지배했던 그를 그녀는 시인이라 높은 자리에 앉힌다. 시인은 언제나 그녀 앞에서 무한량의 힘을 휘두른다.

그녀 등 뒤로 지는 해는 여전히 아름답다. 강을 건너본 자만이 강의 깊이를 아는 걸까. 성숙은 어차피 아픔과 죽음을 동반한다지 않은가. 지나가던 바람이 그녀의 어깨를 덥석 안는다. 어쩐지 슬픈 눈 밑. 바람에게 몸을 맡긴 그녀. 코싸인 커브로 돌아가는 세상. 시큼한 무엇이 그녀 몸을 치고 달아난다. 바람이 제 길을 찾듯 그녀 혼자만의 그늘 속으로 그를 가두고 싶었지만······.

0-9

만약 50년 뒤 지구의 종말이 온다면 당신은 지금부터 무엇을 준비할 것인가. 당신이 그리도 중요히 여기던, 그래서 전쟁

치르듯 싸워서 해적처럼 쌓아두었던 돈과 사랑과 명예들은 또 어떤 모양으로 당신을 미혹할까 저 웅혼한 하늘의 별들은 사람의 말로 무어라 풀이하면 좋을까. 신의 미세한 세포일지도 모르는 당신은 하늘의 관심 밖에서 또 무슨 미래를 바라보는가. 신탁처럼 내리는 시인의 질문. 답을 구하지 못한 내 침묵은 차라리 삶의 신비한 대화처럼 소슬하다.

착한 눈으로 초월의 세계를 응시하는 시인. 시인은 천천히 평생의 신비로움을 털어놓는다. 밤새 맨발로 하늘을 건너온 풀잎과의 대화. 가능한가? 마음을 열고 귀를 열고 눈을 크게 뜨면 밤 고양이와도 대화를 할 수 있다지, 아마? 시인은 분명 다른 세상을 짐작하고 있나 보다.

당신은 아침식사 메뉴로 무엇을 택하시는지? 명사로 밥을 짓고 형용사로 반찬을 드시는가? 사람과 신의 언어, 그 중간 예각으로 환을 그리는 비논리의 지점. 느리게 걷고 느리게 말하고 호방하게 웃으며 정면으로 태양을 응시한다. 그곳에서 시인은 도도하고 거만하고 담담하게 세상을 누린다. 그러나…….

0-10

포정이 소의 각을 뜬다. 그 솜씨가 귀신같다. 문혜원은 놀라, 포정에게 질문한다. 어찌하면 그런 기술을 익힐 수 있지? 포정은 딱 잘라 말한다. 이것은 '기술'이 아니고 오직 '도'라 일갈

한다. 이어서 포정은 문혜원에게 지금은 소가 소로 보이지 않고 다만 신의 모습으로 오는 거라 말한다. 그런 포정도 소를 잡기 시작한 처음에는 세상의 모든 것들이 소로 보였다. 그리고 삼 년쯤 시간이 흘러서야 소는 더 이상 소가 아니게 된 거다. 다만 그 모든 것들을 신으로 대할 뿐. 그리고 십구 년쯤 시간이 더했을 무렵에는 포정의 몸은 그저 자연의 결을 따라 움직이게 되었다. 그렇게 매번 그 순간에 신이 찾아오면 감각 기관은 죽음처럼 숨죽이고, 하늘이 원하는 대로 몸은 저절로 움직였다. 하늘이 낸 결을 따라 큰 틈바구니에 칼을 밀어 넣고 본래의 모습을 따랐다. 포정은 그때 반드시 소의 뼈마디에는 틈이 보이고, 자신의 칼날에는 두께가 없어서, 그 공간은 텅 빈 것처럼 칼이 마음대로 놀 수 있는 여지가 생기는 것이라 했다. 그렇게 포정은 지존을 당당히 양생한다.

가능할까? 포정의 이야기는 『장자』에 나오는 한 대목이다. 때는 춘추전국시대. 말 그대로 전쟁통에서 정신의 자유와 해방을 찾아 소요유를 꿈꿨던 한 사내의 이야기. 그것은 내게 저항할 수 없는 끌림이었다. 그리고 장자의 소요유는 내게 당연히 시적으로 다가왔다. 주류가 아니면서 자기 스스로가 스스로의 중심이 되었던 사내. 그는 백정이었던 포정의 입을 빌어서 해우술과 해우도를 분명히 구별했다. 궁술과 궁도가 다르듯이 그는 진정한 자연의 흐름 앞에서는 기존의 질서가 깨끗하게 뒤집어질 수도 있다는 것을 암시하기도 했다. 소를 신으로 대할 때 눈에 보이지 않는 감각은 살아나고, 그 신의 결을 따라 소의 각을 뜨다 보면 단 한 치의 오차도 없이 술, 은 도, 로 완전히 승, 할 수 있다는 이야기. 그것은 분명 척박한 내게는 눈이 커다랗게 뜨이는 예술의 개론이었다. 소가 신으로 보일 때쯤 소의 뼈마디에는 반드시 틈이 보이고, 그 사이로 두께 없는 칼이 자유해지는 일. 그것은 어떻게 삶을, 시를, 견뎌야 할 것인가의 근원적 실존의 문제였다.

나는 왜 시를 쓰고 싶은 것일까? 소가 신으로 보이는 그때는 아마도 사람의 육안과 뇌안은 닫히고 심안과 영안이 열리는 순간, 그것을 시라 이해하면 어떨까. 그 순간을 고스란히 받아서 포정은 소의 각을 뜨고, 시인은 문자로 시를 받아쓰는 고독하고도 절박한 삶의 방식. 시가 반드시 도, 는 아니겠지만 분명한 것은 시인은 보이지 않는 것들을 봐야 하는 견자의 의무를 지고 가는 것은 분명하다. 시인의 시는 문자를 다루는 기술을 넘어서 저 멀리 보이지 않는 지평까지 끊임없이 밀고 나아가야 하는 것이리라. 그렇게 시간을 지나고 세상을 건너서 무심코, 무심한 시가 좋은 시라 나는 굳게 믿는다. 그런 시. 춤추는 것처럼, 음악이 흐르는 것처럼, 저 혼자서도 살아서 흘러, 고요해서 아름다운 시. 하늘의 별처럼 온 우주가 집중해서, 간절해서, 차라리 아무도 시라고 눈치채지 못하는 시. 절대로 늙지 않는 자연처럼 늙어서 꼬부라져도 늙지 못하는 짐승을 가슴에 들이고 사는 괴물. 그런 것들을 감당할 수 있을 때가 시인으로는 정말로 시를 쓰는 순간이라 말할 수 있지 않을까. 시보다 시인이 앞장서지 말기를. 이유 없이 꽃이 피고 또 꽃이 지는 듯. 쌀 씻어 밥하는 일에서도 담담하게 시 한 편 건져 올렸으면 좋겠다. 무죄한 하루를 열어 하루를 닫는 시간까지 감나무 감 익어가는 소리가 내 귀에도 들렸으면 좋으련만. 그러나 웬일인지 포정도 근육과 뼈가 닿는 곳에 이를 때마다 매번 몸은 뻣뻣하게 긴장하게 되더라는 것인데. 한 편의 시를 겨우 탈고하고 나면 나는 왜 또, 언제나 처음처럼 막막해지는 것일까. 매일 죽고 매일 사는 것처럼 매일매일 시의 첫 줄처럼 하루를 시작해야 하는 일. 포정과 소가 만나 언제나 새롭게 숨을 고르듯. 시인과 시도 언제나 미궁이다. 어떻게 여기를 빠져나갈까. 한 번도 모색해 본 적 없는, 죽어도 죽지 못하는 내 속의 짐승. 어둠의 빛을 찢어 악의 광채라도 캐고 싶은…

0-11

나의 걷기는 시간을 매우 오래 거슬러 올라간다. 아주 어릴 적부터 아버지 손을 잡고 산길을 헤맸던 기억이 있다. 열 살도 더 전인 것 같은데, 길을 오르고 내리면서 만나는 알 수 없는 풀 향기는 입안에서도 늘 그리움 비슷한 것으로 씹히곤 했다.

아버지는 내면에 불덩어리를 품고 태어난 어린 딸아이의 성정을 눈치채셨던 것일까. 당신 또한 조용한 폭풍을 잠재우는 방법으로 주말이면 산으로 들로 바다로 걸음을 재촉하셨던 듯하다. 그런데 아버지와 함께 걸었던 기억 속의 걸음들은 산책자의 그것처럼 속도가 그리 빠르지 않았다. 아버지는 나와 말도 섞지 않고 그저 묵묵히 길을 오르고 내릴 뿐이었다. 우리는 걷다가 바위에 앉아서 세상을 내려다보기도 하고, 이름을 알 수 없는 꽃 무더기 앞에서는 그냥 거기서 한 세상을 지내기도 했다. 그런데 이상한 것은 가족 누구에게도 인정받지 못했던 아버지를 나는 저절로 이해를 하고 있었다는 것이다. 나는 그의 고독과 좌절과 방황과 두려움과 어리석음과 패배까지도 감각적으로 동의를 하면서 부녀지간을 넘어선 우정 비슷한 감정을 지니게 된 것은 아니었을까.

그러니까 나는 걷기를 하면서 삶에 관한 공부를 한 셈이다. 오로지 걷기만을 했을 뿐인데, 조금 높은 산마루에 올라가 앉으면 내가 안간힘으로 살아내고 싶었던 마을의 풍경이 참으로 아득해지면서, 비현실적으로 물러나버리는 이상한 체험. 소실점을 향해 한 길로 오래 걷다가 다시 돌아오는 길에서는 내가 매우 단순해져서 오히려 몸이 가벼웠던 경험들. 그런 것들은 내가 계산을 하면서 살아내야 하는 시간의 단위들조차도 무화해 버리는 느낌이었다. 이렇게 글을 쓰면서 마치

이 모든 것들이 거창한 기억이나 체험처럼 서술되고 있지만, 그러나 그 기억 속의 걷기는 그렇게 대단하지도 위대하지도 않았던 그저 어린 날의 한 장면일 뿐이다. 그렇게 신체가 경험하는 그 모든 것들은 대가처럼 나에게 언어로 돌아와 주었다. 마치 선물처럼 나는 일기를 쓰고 산을 걷고 혼자서 노는 법을 알게 되었다. 걷기의 동지, 내 아버지는 태생적으로 외롭게 태어난 나에게 나를 극복하는 방법으로 그렇게 산책자의 걷기를 남겨주셨다. 그러니까 나에게 걷기란, 내가 나와 만나거나 맞서는 유일한 방법이자 위대한 유산이기도 하다.

오래 걷기를 하면서 알게 된 사실, 하나. 걷다 보면 내 주변의 복잡했던 관계들은 조금씩 물러나 앉으면서 전혀 새로운 감각들로 몸이 채워지는 충만함. 그것은 세상천지의 복화술을 알아듣는 것이랄까. 꽃이나 개구리나 저나 나나 그저 잠시 왔다가 가는 시간의 산책자랄까. 그런 것들이 신체를 깨우면서 언어로 둘러싸이게 되는 삶의 이상한 공식 같은 거. 두 팔 두 다리 털면서 오래 걷기를 하면 어김없이 주위는 배경으로 물러나 앉는다. 그 자리에 또 다른 풍경들이 아무렇지도 않게 섞여버리는 공간의 이동 같은 것들은 낯선 시의 형태로 복원이 되기도 한다. 그런 경험들은 나에게 영혼을 불러내는 행간의 부름으로 몸속 깊숙하게 각인이 된다. 이렇게 걷고 걸으면서 나는 벌써 늙었다.

그러나 아버지가 느리게 걸었던 그 걸음으로 나는 여전히 걷는다. 요즘은 밤의 천변을 혼자 걷기도 하는데, 그러니까 그것은 나의 오랜 습관. 강가에 살면 강을 걷고, 산자락에 살면 산을 걷는다. 도깨비를 만나면 도깨비랑 발을 맞추고 그림자 속에서는 모습을 지워버리기도 한다. 걷고 걸으면서 몇 번의 이사가 있었다. 지금 내가 사는 곳은 밤이 되면 가로등이 요술램프처럼 켜지는 천변이다. 그 밤의 천변을 산책하는 일은 가끔은 죽은 자들과의 만남도 가능해지는 일. 저기 커다란 왕벚꽃 나무를 반환점으로 매일 걷다 보면 나는 자연스럽게 자연과 한몸이 된다. 그렇게 바람처럼 벤치에 앉아서 숨을 쉬기도 한다. 몸을 공처럼 궁굴리는 길고양이에게 묵음으로 말을 걸어본다. 나무야, 꽃아, 바람아, 별들아, 하늘아, 오늘도 안녕하신가.

0-12
　아버지의 방랑은 그곳에서도 계속되고 있었나 보다. 얼마 전에 아버지가 자꾸만 내게 꽃 보라, 꽃 보라시며 풍경 속으로 나를 내몰았다. 처음에는 꽃이 보이지 않아 어리둥절했지만, 이내 눈앞으로 꽃들이 들이닥쳤다. 환하게 세상을 열어젖혔다. 아버지는 중절모를 쓰고 살아생전의 백구두에 정장 슈트를 입고 계셨다. 나들이를 위해 한껏 차려입은 옷차림이 분명

했는데, 나는 그 아버지가 낯설다가 익숙하다가 보이다가 또 사라지는 것이 참 이상하다고 중얼거렸다. 그의 손을 잡고 웬일인지 허방 속에 발을 빠뜨리고 있었다. 손을 잡았는데 손은 보이지 않고 소리만 들렸다. 꽃보라, 꽃이 예쁘지? 그러다 또 소리가 사라지면 침묵하는 아버지의 그 환한 얼굴이 거짓말처럼 내 눈앞에 보이기도 했다. 꿈속에서 다시 꿈을 꾸는 이상한 경험이었다. 그런데 더 이상한 것은 꽃구경하면서 아버지의 손을 잡은 나는 어릴 적, 커다란 리본이 달린 초록원피스를 입은 낯선 계집아이였다. 그게 나라는 것이 믿기지는 않았지만, 꿈속의 서사에서 나의 발언권은 없었다. 아버지도 흐드러진 꽃대궐도 모두 사실적으로 보이는데, 나는 나를 낯설어하면서 꿈속 내내 어지럽고 혼란스러워서 밖으로 나가고 싶었다.

무슨 주문을 외웠는지는 잘 모르겠지만, 그렇게 무사히 여행을 마치고 나는 내 방 침실로 돌아왔다. 그 이후로 마음만 먹으면 아버지를 만날 수 있게 되었다. 어느 날은 운동화 차림으로 오시기도 하고, 어느 날은 바바리코트를 휘날리면서 명동 한복판에 우뚝 서 계시기도 한다. 평소 키가 작은 아버지였는데 키가 조금 큰 것 같았다. 시간이 멈춰버린 공간에서 시간이 흐르는 공간으로 건너올 때는 어떤 파장을 뚫고 오는 것일까. 잠들기 전에 항상 주문처럼 질문을 한다. 보이지 않는 세상에 관하여 혹은 파장이 다른 세상에 관하여. 그러면 보이다가 또 사라져 버리는 어떤 것들의 신기루는 허구가 아니라는 것을 믿게 된다. 그 어느 부근의 증상쯤에 내 시가 있지, 싶다.

보이지 않는 세상에 관한 기미와 기척과 증상과 진동들이 갑자기 문자로 바뀌는 순간이 있다. 그럴 때 나는 행동하던 모든 것을 멈추고 미친 듯이 메모를 시작한다. 느닷없이 오는 애인은 또 느닷없이 간다는 것을 너무나 잘 알아서 오는가, 싶을 때 오체투지로 나를 땅바닥에 부려 놓는다. 만약 그곳에 아버지가 계신다면 불쌍한 딸년을 잘 거둬주시겠지, 하면서 경계의 어느 순간 속으로 걸어 들어간다. 까무룩 세상이 멀어지면서 또 다른 세상이 도래하는 이상하고도 아름다운 경험은 놓치고 싶지 않은 황홀이자 고통이다. 자, 나는 그 이전의 생활로 돌아갈 수 있을까. 롤랑 바르트는 창작의 세계를 경험한 사람은 그 이전의 자신으로는 돌아갈 수 없다고 했다. 나도 그 이전의 세상으로는 돌아갈 수 없겠다. 비록 가난하고 남루하고 찢어진 우산 같은 세상이라 해도, 별이 쏟아지는 밤의 풍경 속에서 몽유로 걷다 보면 어딘가에는 닿아있으리라 억지도 부려본다.

나도 카메라였던 시절이 있었다. 아버지가 선물로 주신 젠자브로니카를 배꼽 위에 얹어두고 공손하게 고개를 숙이면 사각의 프레임 속으로 세상은 분할되어 연과 행을 나눠준다. 나는 그 조각난 세상의 아름다움을 보고 느끼고 감각하면서

이십 대를 건너왔다. 공손하게, 아름다움 앞에서는 공손하게
고개 숙이는 법을 아버지가 알려주신 독법 속에서 배웠다.
그리고 고개를 들면 세상은 넓고 나는 어느 곳에 서있어야
할지를 몰라 다시 프레임 속으로 숨어 들어갔다. 세상을 나누
고 쪼개고 한 가지의 사물에 집중을 하면서 한 가지의 생각만
으로 무늬를 만들어 가다 보면 어느새 테마라는 것이 잡혔다.
너무 멀게도 너무 가깝게도 아닌 카메라의 거리에서 세상을
집중해서 보는 방법. 그 속에는 내 눈에만 보이고 들리는 기적
과 진동과 기미와 증상이 있었다. 그때는 캄캄한 암실에서도
앞이 잘 보이던 시절이었다.

　다시 아버지로 돌아가서, 얼마 전에 혼자 아버지께 다녀왔
다. 이제는 살아있는 아버지와 죽은 아버지를 잘 구별 못하겠
다. 아버지는 왜 나를 그리도 불쌍히 여기셨을까. 아무것도
쥔 것이 없는 딸년이 안쓰러웠던 걸까. 아버지는 평생토록
나를 향해 단 한번도 찡그리거나 화를 내 본 적이 없다. 내가
정말 형편이 없어도, "현숙이가 꼴등을 해도 현숙이를 사랑
합니다." 집에서 매일 만나면서도 그날의 아버지는 우편엽서
속의 문자로 와주셨다. 아무에게도 보여주지 않았다. 나만의
비밀처럼, 부적처럼 안주머니에 넣어서 수 십 년을 함께 해온
내, 나의 아버지. 그렇게 당신의 성정과 엇비슷한 딸년은 시인
이 되었다. 지금은 이 골목에서 그냥, 그저 잘 놀고 있다. 언제
가 될지는 잘 모르겠지만 멀지 않은 시간에 아버지의 골목으

로 가볍게 이사 갈 것이다. 올 가을은 유난히 하늘이 맑아서 눈이 시리다. 고개를 꺾지 않아도 하늘은 코앞이고 이제 곧 겨울이 다가올 것이다.

0-13

이 글은 엄마가 제일 처음 쓰러졌던 2007년 가을에 쓴 것이다. 그리고 지금 2023년 엄마는 병이 깊어서 안동에 있는 길주 요양병원에 누워계신다. 시선이 가뭇없이 멀리 풀어지면서 원하는 것도 즐거운 것도 없는 삶 속에서 자꾸 어딘가로 멀리 걸어가신다.

엄마가 쓰러졌다. 밥 잘 먹고 TV '해피투게더' 보다 말고 어, 어, 어, 천정과 바닥이 빙글 돌면서 몸이 나무토막처럼 넘어갔다. 처음에는 그것이 무엇을 의미하는지 몰랐다. 그저 뭔가 조금 잘못된 것이려니, 생각했다. 도대체 엄마가 혼수상태에 빠졌다는 것을 믿을 수 없었다. 이상한 분노 같은 것도 일었다. 어떻게 엄마가 나를 두고 아플 수 있을까.

기도와 식도가 교차하는 지점에 고장이 생기면서 엄마에게도 많은 문제가 생겼다. 어쩌면 죽는 날까지 이렇게 코로 음식을 섭취하면서, 말은 지물지물 새고, 걷는 것은 생각도 하지 못할 일이고, 또한 사고 자체는 아주 어린아이에 머물 수 있다는 의사의 진단이 내려졌다. 기적을 바라보아야 하는 시간이 느리게 지나갔다. 우리 자식들은 서울 대구를 오르내리면서

차차로 말들이 줄었다. 팔순을 훨씬 넘긴 아버지는 매일 도장 찍듯 병실을 들락거렸다. 의식이 흐린 가운데서도 엄마는 아버지를 마땅찮게 생각했다. 그런 엄마를 바라보는 아버지도 편치는 않아 보였다.

여름에서 가을로 시간이 훌쩍 넘어갔다. 0.3mm의 기적이 일어났다. 엉망으로 막혔던 숨골 옆의 미세혈관이 0.3mm 차이로 조금씩 기능을 되찾기 시작했다. 기억과 말초와 서정적인 기능이 느리지만 기적처럼 되살아났다. 그러나 다행인지 불행인지 엄마는 예전의 내 엄마는 아니었다. 긴 시간 엄마를 돌보던 둘째 오빠는 당황하는 기색이 역력했다. 큰오빠는 뭔가 마음으로 각오를 하는 듯했고, 셋째 오빠는, 글쎄⋯⋯, 고뇌했으리라. 평생 아버지에 대한 마음을 곱게 접고 살던 엄마가 세상을 향해, 아버지를 향해 사정없이 포악해졌다.

아버지가 눈에 보이기만 하면 '부도덕한 늙은이' 입속으로 중얼거린다. 평생 삼강오륜으로 중무장하고 살던 엄마는 늙은 아버지가 병문안 오면 '가소 마' 슬쩍 눈을 흘긴다. 한량처럼 휘이휘이 세상을 휘젓고 살던 아버지, 사탕 같은 세상 혼자 실컷 빨면서 살았던 그분을 엄마는 끝내 용서하기가 힘들었나 보다. 그러나 아버지는 누가 뭐라 뭐라 씹어도 아랑곳없다. 죽지 않고 살아난 아내가 그저 고맙다는 듯, 엄마의 등을 쓸고

발을 닦아준다.

엄마와 아버지 사이에서 우리들의 의견은 분분했다. 그러나 분명한 것은 한 왕조가 한 여자의 무너짐으로 인해 휘청, 흔들리고 있었던 것만은 사실이다. 엄마가 떠받치지 않는 아버지의 존재란 이 땅에서 더 이상 의미조차도 없는 듯 보였다. 이제야 겨우 자기 자신을 챙기기 시작한 엄마를 보고 우리는 모두 입을 모아 '엄마가 변했다' 쑤군거렸다. 그러나 우리는 알고 있다. 그분은 자식들이 모두 일가를 이룰 때까지 마음껏 한번 아파보지도 못했던 분이라는 것을.

나는 지금도 변해버린 엄마가 낯설다. 그러나 엄마는 잠시 가사상태에 빠진 것이라 믿는다. 포유동물이 겨울 동안 깊은 잠을 자듯이, 엄마는 생애 처음 화려한 휴가를 맞은 건지도 모르겠다. 자신의 생명을 유지하기 위해서 스스로 단계적인 변화를 겪고 있는 것이리라. 비밀스러운 평온, 자연과의 협동 같은 것. 여전히 꿈속에서는 혼란스런 삶을 상기해야겠지만, 반드시 봄은 돌아올 것이고 엄마는 반드시 잠에서 깨어나리라. 그러니 지금은 누구도 엄마를 깨우면 안 된다. 구두장이가 평생 구두를 깁듯이 또박또박 한 길을 고집하며 살았던, 한 여자의 인생에 쉿! 누구도 휴식을 방해하지 마라.

그 후로 16년이 지난 2023년 10월, 어제 안동 길주 요양병원으로 엄마 면회를 다녀왔다. 스물두 번째 면회다. 엄마는 도무지 표정이 없으시다. 그날이 그날이라고 의사표시를 하신다. "우리가 와서 좋아?" 여쭸더니, "그럼." 명쾌하다. 단정하고 소박하면서도 결기 있게 한생을 꾸리신 분이라 노년의 모습도 그리 남루하지는 않다. 늘 결승점을 향해 질주하셨던 분인지라 지금의 무력감이 더 지루하고 또 비루하게 다가오는 모양이다. 늙음의 수순을 차근히 보여주시는 것도 우리에게 훈계를 하시는 것 같고. '메멘토모리, 카르페디엠, 아모르파티' 죽음을 생각하며 지금을 충분히 즐기는 것, 돈으로는 살 수 없는 교훈을 우리는 이렇게 매번 엄마에게서 배운다. 그러나 이제 엄마는 작은 카스텔라 한 조각에도 식도와 기도의 작용이 자유롭지 못하다. 아무렇지도 않게 먹고 마시고 걷고 싸는 삶의 요긴한 동작들이 마지막에는 생의 목표가 된다는 것이 슬프다. 그래서 오늘 이렇게 멀쩡한 지금에 감사한다. 모두 엄마에게 배운 선행학습이다. 사진 속 우리도 조금씩 저물어 간다.